반짝반짝

반짝반짝

초판 1쇄 2018년 10월 20일
초판 4쇄 2020년 2월 1일

글쓴이 | 차윤미
펴낸곳 | 도서출판 단비
펴낸이 | 김준연
편 집 | 최유정
등 록 | 2003년 3월 24일(제2012-000149호)
주 소 | 경기도 고양시 일산서구 일중로 30, 505동 404호(일산동, 산늘마을)
전 화 | 02-322-0268
팩 스 | 02-322-0271
전자우편 | rainwelcome@hanmail.net

ISBN 979-11-6350-004-9   03810
ISBN 978-89-967987-4-3   (세트)
값 11,000원

국립중앙도서관 출판시도서목록(CIP)

반짝반짝 / 글쓴이: 차윤미. — 고양 : 단비, 2018
p. ; cm
ISBN 979-11-6350-004-9 03810 : ₩11000
한국 현대 소설[韓國現代小說]
청소년 문학[靑少年文學]
813.7-KDC6   CIP2018032336

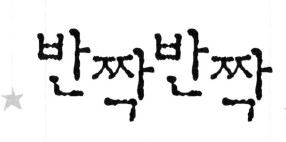

반짝반짝

차윤미 장편소설

단비 danbi

작가의 말

8년 전에, 어느 고등학교에 아이들을 가르치러 간 적이 있었습니다. 그때의 저는 제가 '어른'이라고 생각했지요. 20대 중반을 이제막 지나는 나이였습니다. 어른이란 무엇일까. 그것에 대해 구체적으로 생각해 본 적도 없었습니다. 그냥 어른이라고 생각했습니다. 왜냐하면 스물이라는 숫자를 넘었으니까요. 또, 세상이 그렇게 말했으니까요. 스물이 지나면 '아이'가 아니라 '어른'이라고요. 그래서 세상을 살아가는 방법을 배워야 한다고요. 그 방법을 가르쳐 주는 사람은 아무도 없었습니다. 그저, 치열하게, 아파도 부딪치며, 쉬지 말고 달리라고만 외쳤어요. 그러던 저는 어떤 아이들을 만났습니다.

아직 스물이 되기 전, '아이'도 아니지만 '어른'도 아닌 열여덟 살의 아이들이었어요. 이 책에는 그 아이들이 담겨 있습니다.

제가 깨달은 건, 그 아이들과 저는 같았다는 겁니다. 열여덟 살의 아이들은 불안하고 위태로운 시간을 고군분투하고 있었어요. 그 모습은 스물이 넘은 저와 다를 바가 없었습니다. 아주 잠깐, 힘든 시간을 잊을 수 있는 사랑을 찾는 것은 그 아이들도 저도 마찬가지였어요. 사랑에 대한 목마름은 같았어요. 모두가 불완전한 존재였습니다. 내가 나를 사랑하지 못했고 나를 대신해서 반짝반짝 빛나는 누군가를 사랑하고 있었어요.

덕질은 내가 사랑할 수 있는 대상을 찾는 과정이었지요. 그건 '아이'도 '어른'도 다르지 않았어요. 우리들은 지금도 내가 사랑할 대상을 찾아 헤매고, 그들에게 사랑을 주고, 사랑을 받기를 원합니다.

"계속 반짝여 주세요. 제가 당신을 계속 사랑할 수 있게 하늘에서 빛나 주세요. 그것이 내가 사랑받는 방법이니까요."

이 말이 심장 저 아래에 와닿는다면, 저는 당신을 위해 이 소설을 썼습니다. 당신이 '아이'여도 상관없고, '어른'이어도 상관없어요. 혹은 '아이'도 '어른'도 아니어도 좋아요. 우리는 모두 사랑을 원하고 있는 거잖아요. 그건 나이와 상관없어요.

그리고 제게 그것을 가르쳐 주었던 열여덟 살의 아이들은 이제 세상이 말하는 '어른'의 나이가 되었습니다. 언젠가 내가 어른이라고 생각했던 스물의 중반, 그 길에 서 있지요. 지금의 나는 스물의 중반이 어른이라고 생각하지 않습니다. 예순이 넘은 부모님은 제가 어른이라고 생각하지 않아요. 서른의 중반도 아이라고 말하시죠. 저는 이 소설을 쓰며 생각했습니다. 그렇다면 어른이란 정말 무엇일까.

어른은, 완전하지 못하고 위태로운 지금의 내가 편안함을 느끼는 미지의 세계가 아닐까. 지금은 아프고 힘들지만, '어른'이 되면 괜찮아질 거야. 나는 아직 어리니까, 어른이 되면 이 상처도 견뎌 낼 수 있어. 그리고 우리는 오늘을 지나 내일로 가고, 나이를 먹습니다. 여전히 어른이 되지 않은 상태로요. 아직 우리는 사랑이 고프니까요.

그렇다면, 어른이 되면 우리는 사랑이 없어도 편안해질까요. 그 답은 저도 잘 모르겠어요.

저도 아직 '아이'거든요.

부족한 원고를 반짝이는 책이 될 수 있게 도와주신 단비 출판사에 깊은 감사를 드립니다. 그리고 제 글에서 반짝이고 있는 그 옛날, 열여덟 살의 제자들에게 감사합니다. 너희들의 인생에 빚을 지고 이 소설을 썼다는 것을 꼭 기억해 주었으면 합니다. 마지막으로, 내가 글을 써야 하는 이유가 되어 준 두 사람, 남편 양깜과 딸 지유에게 사랑을 전합니다.

차윤미

차례

사랑이 뭔데?

아빠는 항상 내 머리를 지글지글 끓게 만든다. 그래, 나 공부 못한다. 그렇다고 머리 말리는 사람한테 잔소리하는 건 무슨 똥매너야.

"수연이는 수시로 대학 붙어서 살 뺀다고 운동 다닌다더라. 넌 언제까지 한심하게 살래."

사촌 언니가 수시 합격했다는 소식에 난 이런 전개를 진즉 예상했다. 그래서 어제는 책만 읽었다. 일단 책을 읽으면 아빠의 비교질도, 엄마의 공부 잔소리도, 누나 취급 안 하는 동생의 시건방진 눈빛도, 모두 차단이 되니까.

근데 아침에 아빠가 공격을 시작한 거다. 평소 같으면 좀 하다가 그만둘 텐데, 오늘은 아주 작정을 했다.

"오늘부터 제대로 공부해. 다음 달부터 용돈 없을 줄 알아."

헐, 잔소리도 모자라서 용돈으로 협박을 해? 어이가 없어 한마디

쏘아붙이고 싶었지만, 나의 신분은 가련한 고등학생이었다. 지각은 하면 안 되니, 얼른 가방을 들고 나선다. 그러자 아빠가 결정타를 날렸다.

"다 너를 사랑하니까 하는 말이야."

사랑? 사라앙?

18년만 살아온지라 그딴 단어는 잘 모르겠지만, 아침부터 신경 긁는 짓이 사랑은 아니지 않나. 그놈의 사랑이 도대체 뭔데?

"너 이름표 안 달았네."

예민해진 나를 건드리다니. 두 눈을 부라리며 돌아보자, 한 여자애가 서 있었다. 그 애 옆으로 검은 세단이 스르르 미끄러지며 멈췄고, 운전석의 유리창이 내려갔다.

"오늘 데리러 오지 마. 버스 타고 갈 거니까."

여자애가 열린 유리창을 향해 퉁명스럽게 말했다. 그러자, 고급스런 옷차림의 운전자가 싸늘하게 대꾸했다.

"쫓아다니지 말고 곧장 집으로 와."

처음 들은 나도 움츠러들 정도로 날카로운 목소리였다. 정작 그 말을 들은 당사자는 귀찮다는 표정만 짓는다. 세단은 무거운 엔진 소리를 내며 출발했고, 멀어지는 세단을 배경으로 빨간색 백팩을 고쳐 맨 아이는 설명하기 힘든 당당한 매력이 넘쳤다.

"이름표."

이름표를 안 달면 교문에서 벌점을 받는다. 벌점을 면하게 해 준 여자애는 바로 옆 반에서 전교 일, 이 등을 다투는 우등생 정지원이었다. 나는 허둥지둥 가방 주머니에서 이름표를 꺼냈다. 그리고 정지원은 나와 나란히 걷기 시작했다.

공부도 공부지만, 성격이 까칠해 주임도 당할 재간이 없다는 소문의 주인공이었다. 그런 애와 같이 등교를 하다니, 무지하게 찜찜했다.

"아미고 어제 술 마셨나 보네."

정지원이 무심하게 말했다. 나는 교문 앞에 선 주임을 바라보았다. '아, 미친 고릴라'라는 탄식을 불러일으킨다고 별명이 아미고인 주임은 오늘따라 얼굴빛이 붉다 못해 시커멓게 보였다. 공부 잘하는 애들은 관찰력도 좋구나 싶었다.

"3학년 담임들 어제 술자리 있었거든."

"그걸 어떻게 알아?"

"엄마가 말하던데."

나는 정지원을 멍하니 쳐다봤다. 성적은 전교 지붕에서 놀고, 엄마는 교장과 동급이며, 이 근방에서 가장 비싼 고급 주택에 산다는 아이. 이 아이가 왜 내게 아는 척하는 걸까.

"너 컴퓨터 좀 한다며?"

2층으로 향하는 계단에서 정지원이 말했다. 어떻게 안 걸까?

"애들이 그러던데, 너 컴퓨터 게임 잘한다고. 남자애들하고 게임 얘기 많이 한다며."

대체 누가 얘한테 그런 말을 한 거냐.

"아, 남동생이 게임을 잘해서…"

왠지 주눅이 들어 끝말을 흐리는 나에게 정지원은 의미심장한 미소를 지으며 '흐응, 그래?' 하고 되묻는다. 그 아이의 눈꼬리에는 심상치 않은 무언가가 대롱대롱 매달려 있었다.

"너희 집 컴퓨터 사양, 좋은 편이겠네?"

3층까지 질문이 이어졌다. 아침부터 남의 호구 조사, 아니, 컴퓨터 사양에 대한 조사를 하는 게 엄청 의아했으나, 일단은 조사에 성실히 응했다. 몇 가지 조사를 마치자 정지원은 만족스러운 결과가 나왔는지 흐뭇한 웃음을 지었다.

"손가락도 빠르고?"

"그, 글쎄. 게임을 하다 보니 손이 빠르긴 한데…"

정지원은 다짜고짜 내 손을 붙잡고 한쪽에 몰아붙이더니 귓속말을 했다. 붙잡힌 왼손마디가 시큰거렸지만 정지원의 기세에 눌려 말문이 막혔다.

"너 오늘 저녁에 알바 안 할래?"

엥, 알바?

"저녁 8시에 너네 집 컴퓨터로 티켓팅 해 줘. 성공하면 티켓값 50%를 너한테 줄게."

얘가 나한테 무슨 말을 하는 거지?

티켓팅?

"그게 뭔데?"

어리둥절한 답변에 정지원은 눈을 깜박이더니 '너 티켓팅이 뭔지 몰라?' 하며 되묻는다. 그러고는 대뜸 호탕하게 웃어 젖힌다. 느닷없이 터진 웃음에 복도를 지나가던 아이들이 우리를 돌아본다.

"인터넷 사이트에서 티켓 예매하는 거 말이야."

나는 '아아' 하고 어설픈 감탄사를 내뱉었다. '티켓팅' 어디서 들어 본 적이 있기는 하다. 근데, 그게 뭐 어렵다고 알바까지 구해.

"이거, 이거. 게임 좀 한다고 해서 덕후일 줄 알았는데 완전 머글이네."

정지원이 중얼거렸다.

"폰으로 '선플라워 티켓팅'이라고 검색해 봐. 이따 점심시간에 올게. 티켓팅이라고 해 봐야 5분도 안 걸려. 5분 투자하고 6만 원을 가져가는 거야."

내게 그 말을 하고서 정지원은 3반으로 들어가 버렸다. 남겨진 나는 그 애의 말을 곱씹었다. 생각할수록 영혼이 대기권을 탈출해서 우주로 향하는 기분이다.

"선플라워? 아이돌? 걸그룹?"

방금 쟤가 그 유명한 걸그룹 아이돌을 말한 거지.

*

운동장 위로 내리쬐는 뙤약볕 때문에, 마치 아프리카 사막 같았다. 8월은 지나고 개학하면 좀 좋아. 숨이 턱턱 막혀 살 수가 없네. 더 짜증나는 건 온몸의 수분이 땀구멍으로 다 나오는데 왜 몸무게는 그대로냐고.

"야, 내가 덕후로 보이냐?"

4교시 체육 시간이 끝나가자 아이들은 일찌감치 운동장에서 떨어진 나무 그늘로 여기저기 몸을 숨겼다. 종이 울리면 바로 급식실로 달려가기 위해 운동화 바닥을 드르륵 긁던 시내가 나를 돌아본다.

"뭔 소리야?"

아침에 정지원과의 대화가 머릿속에서 떠나가질 않는다. 뙤약볕이 내 머리 한구석을 달궈 놓은 것 같았다.

"아니, 남들이 보기에 내가 덕후로 보이나 싶어서."

눈앞이 하얗게 시릴 정도로 말간 햇살을 멍하니 바라보며 말했다.

"니가 뭐에 미쳐서 환장하는 인간이었냐? 누가 그런 헛소리를 해?"

그 말에 나는 입을 쩝 다셨다.

"누가 그러던데, 내가 게임을 잘해서 덕후인 줄 알았대."

"그냥 동생 쫓아다니면서 레벨 올리는 애가 무슨 덕후냐. 니가 덕후면 우리나라 사람 99%가 덕후야."

과장이 심했지만 맞는 말이다. 내가 게임에 미쳐서 환장하는 인간은 아니니까.

"쟤라면 덕후가 맞지. 학교에 축구만 하러 오잖아. 입에서 나오는 말이 축구 아니면 배고파. 저 정도는 돼야 덕후 소리 듣지."

나는 시내가 가리킨 운동장 위의 남자애를 바라보았다. 교실에 엎드려 숙면을 취할 때 빼고는 온종일 프리미어리그 얘기만 하는 장규식이다. 그렇군, 저 정도는 해야 덕후군.

"누가 너더러 덕후라고 그러는데?"

시내의 물음에 아침의 일을 말해도 되나 싶어 다시 입만 다셨다.

그때, 축구하는 남자애들 사이로 운동장을 가로지르는 누군가가 보였다. 뜨거운 햇살 아래에서 마스크로 얼굴을 반 이상 가린 여자아이였다. 작은 키에 까만 백팩을 맨 모습은 도토리를 잔뜩 짊어진 앙증맞은 다람쥐 같았다.

"쟤는 이제야 학교 오네."

시내의 말에 나는 저 시선 강탈자가 우리 반 최미란이라는 걸 알았다. 핸드폰 제출이 의무였지만 그 아이는 실사용 핸드폰이 따로 있어서 종일 폰만 보았고, 제목이 없는 정체불명의 책을 읽거나, 어울리는 몇몇과 머리를 맞대고서 수군거리기를 좋아하는 아이였다.

운동장을 가로질러 걷던 최미란이 대뜸 우리가 있는 방향으로 몸을 돌렸다. 이 여름에 마스크가 웬말이냐. 그치만 그 아이는 한 치의 민망함도 없었다.

"지금 체육이야? 수학 아니었어?"

마스크 너머로 웅얼거리며 물었다.

"수학은 저번 학기잖아. 이번 학기 시간표 아직도 모름?"

시내의 말에 최미란은 짜증난다며 일자로 곱게 자른 앞머리를 마구 헝클었다. 나는 마스크를 바라보았다. 검정 마스크에는 'AWESOME'이라고 하얗게 새겨져 있었다.

"그럼 담임은 교무실에 있어?"

그러고는 대뜸 내게 물어 온다. 나는 좀 놀랐지만, 가까스로 '담임 1학년 수업일걸' 하고 대꾸했다.

"아, 짜증나. 출석 체크 점심 끝나고 해야 되잖아."

마스크 너머로 웅얼거리는 목소리에는 가시가 돋혀 있었다. 필터링 없이 직설적으로 표현하는 그 말투가 불편했다.

"최미란, 그냥 반장한테 말해서 체크해."

시내의 말에 최미란은 눈동자를 찌푸리며 신경질을 낸다.

"나 반장 싫어해."

그 말은 마스크 너머에서도 똑부러지게 들렸다. 정나미라고는 개나 줘 버린 것마냥 날이 선 말투에 미안한 게 없더라도 미안하다고 해야 할 것 같다. 그러고는 최미란은 우리 앞을 쌩 지나갔다. 뜨거운 날씨에도 시내와 나는 졸지에 얼어붙었다.

"그리고."

그 아이는 또 무슨 생각이 났는지 다시 고개를 돌렸고, 우린 어깨를 움찔했다. 마스크 때문에 표정을 제대로 읽을 수 없지만, 눈에는 노골적인 불만이 가득했다.

"나 내 이름 성까지 붙여서 부르는 거 싫어해."

그 말과 함께 최미란 아니, 미란이는 우리에게서 멀어졌다.

"내가 뭐 잘못했어?"

시내가 주눅이 든 목소리로 물었다.

"그런가 봐."

나는 씁쓸하게 입만 다셨다. 우리가 진짜 뭘 잘못했나. 이상하게 수긍이 됐다.

"그러고 보니 쟤가 완전 덕후의 표본이지."

시내가 미란이를 가리키며 말했다.

"누가?"

그러자, 시내가 나를 한심하다는 듯 바라본다.

"쟤 마스크, 못 봤냐?"

여름에 마스크를 쓰고 다니는 게 물론 정상은 아니지만, 그게 덕후랑 무슨 상관이냐. 여전히 눈치를 못 채는 내가 답답해 죽겠는지 시내는 가슴을 친다.

"어썸이라고 써 있잖아."

"어썸이 왜?"

"가방에는 어썸 멤버 사진으로 만든 브로치 잔뜩 붙여 놨잖아. 일코[1]도 없이 자기 어썸 빠순이라고 광고하는 거 모르겠냐. 마스크

1. '일반인 코스프레'의 준말인 인터넷 용어.

에는 대놓고 그룹명이 적혀 있고."

아아, 어썸. 나는 그제야 고개를 끄덕였다. 미란이의 마스크에 적힌 글씨는 요즘 한창 인기몰이 중인 아이돌 그룹명이었다.

"쟤는 굿즈도 다 사네. 나도 어썸 좋아하지만 굿즈까지는 안 사는데."

온몸으로 '나는 덕후요.'라고 당당히 외치는 미란이의 뒷모습을 나는 가만히 바라봤다. 누가 어떤 시선으로 자신을 보든지, 조금도 상관하지 않는 저 당당함이 조금 멋있게 보인다면 내가 좀 이상한 건가.

*

점심 메뉴는 카레였다. 어제 분명히 급식표를 봤는데 왜 잊고 있었을까. 세상에서 내가 제일 혐오하는 음식이 카레인데, 오늘 일진 아주 거지같다. 월말이라서 용돈도 별로 안 남은지라 빵에다 음료수만 샀는데, 진짜 거지가 되어 버렸다. 그나마 여름휴가 때 이모들이 준 용돈이 통장에 좀 남아 있으니까 망정이지, 그것마저 없으면 난 인당수 앞에 선 심청이가 됐겠지.

그래도 아빠의 경고를 무시할 수 있을 만큼 넉넉지는 않다. 어떻게든 돈을 마련할 방법을 찾아야 한다. 아빠는 완전 꼰대라서 자신이 한 말은 내일 지구가 망한다 해도 지키는 사람이니까.

"근데 너도 어썸 좋아했어?"

에어컨이 제대로 안 나와서 교실은 후덥지근했다. 책상에 엎드려 열을 식히던 시내가 눈만 돌려 나를 바라본다.

"나 잡덕이야."

"잡덕?"

"난 마음이 태평양이거든. 하나만 사랑할 수 없어."

뭐래. 얘도 좋아하고, 쟤도 좋아하고, 모두를 사랑한다는 거냐. 바람피우는 거잖아, 그거.

암튼, 조회 시간에 핸드폰을 걷어가서 나는 점심시간이 다 지나도록 정지원이 말한 게 뭔지 검색도 하지 못했다. 시내에게는 하도 많은 걸 물어서 이 이상 물으면 내 입을 스테이플러로 박아 버릴지도 모른다.

솔직히 알바는 엄청 구미가 당긴다. 근데 그놈의 티켓팅이 뭔지를 알아야지. 사이트에 접속해서 아이디와 비번 입력하고 좌석을 선택하면 땡 아냐. 그게 왜 힘들어서 알바까지 구하는지 알 수가 있나.

나는 책상 서랍에 넣어 두었던 책을 꺼냈다. 과부화가 걸리기 직전인 나의 뇌는 휴식이 필요했다. 펼쳐 본 책은 《메밀꽃 필 무렵》이었다. 허생원과 동이가 걸으며 아빠 얘기를 한다. 아빠, 아빠라. 이런 젠장. 우리 아빠는 그 나이에 힙합 꿈나무가 되려는지, 디스에 아주 큰 재능이 있다. 왜 우리나라는 유교의 나라인가. 부모는 자식을 디스 해도 자식은 감히 부모와 디스전을 펼칠 수 없다니.

"지망 대학교 적어서 오늘까지 제출하래."

멀리서 반장의 상냥한 목소리가 들려왔다. 암튼, 이놈의 학교도 짜증 지대로야. 고 2한테 지망 대학교는 대체 왜 적으라는 건데. 적으면 뭐, 그 대학이 받아 준다냐.

"야, 류주연. 니 동생 게임 머니 좀 갖고 있냐?"

내 앞에는 박창민이 있었다. 점심시간에 고삐 풀린 망아지처럼 운동장을 미친 듯이 뛰더니만 하복 상의 칼라가 누렇게 변해 있다. 내 동생과 같은 온라인 게임을 하는 이 애는 우연히 내 동생이 훨씬 고급 아이템을 갖춘 하이 클래스라는 것을 듣고서 가끔 나를 찾아와 귀찮게 하는 존재였다.

아, 그래. 이놈도 덕후구만.

"몰라."

"에이, 그러지 말고. 나 현질 하고 싶은데 중국인한테 사기 싫어서 그래. 그거 요즘 사기 많다고 해서 주변에서 찾아볼라고."

이 자식, 진짜 게임에 미친 거 아냐. 썩어 가는 나의 표정에 박창민은 씩 웃었다. 카레 때문에 이빨이 누렇게 변한 녀석은 능글맞게 말했다.

"니 동생 레이드 엄청 뛰지? 레이드 많이 뛰면 돈은 금방 벌린다며. 중딩이라 그런가 시간 많아 좋겠다. 나도 야자만 아니면 매일 레이드 돌고 금방 부자 될 텐데."

내 동생도 너처럼 학원 다 다니고 밥 다 먹고 양치질도 다 하면서 게임 하지만, 너보다 훨씬 부자라고 쏘아 주고 싶었다. 하지만 현실도 아니고 게임에서 저렇게 부자가 되고 싶어 하는 놈에게 이런 말이 뭔 소용이야. 내 입만 아프지.

"집에 가서 물어볼게."

"그래, 모아 놓은 거 있음 꼭 시세보다 싸게 팔아 달라고 말해 주라."

게임에서 부자는 되고 싶은데 돈은 적게 쓰려는 시커먼 속셈에 나는 시큰둥하게 입을 다물었다.

"아, 혹시 너도 정지원한테 알바 의뢰 받았냐?"

나는 짐짓 놀라서 녀석을 바라보았다.

"너도 받았지? 규식이가 그러는데 정지원이 어제부터 게임 좀 하는 애들한테 가리지 않고 티켓팅 알바 의뢰했대."

뭐야, 그럼 나한테만 알바를 제안한 게 아니야?

"아까 규식이랑 컴퓨터실에서 검색해 봤는데, 진짜 살벌하더라. 티켓팅 성공하면 자기한테 팔라고 미리 돈 걸어 놓은 사람도 봤어. 티켓값이 원래 12만 원인데 성공하면 티켓값 제외하고 30만 원 준대."

그 말에 나는 진심 쫄았다. 30만 원이면 내 한 달 수학 과외비잖아.

"오늘 8시에 오픈 하는데, 한 번 해 볼라고. 성공하면 정지원한테 안 주고 그 30만 원 걸어 놓은 사람한테 넘길까 생각 중이야."

"그랬다가는 넌 디질 줄 알아."

어디선가 들리는 살 떨리는 목소리, 대체 누가 저런 오싹한 단어를 구사하는가. 박창민이 바늘에 찔린 사람마냥 화들짝 놀랐다.

"분명히 경고하는데, 티켓 다른 사람에게 넘기면 그때부터 넌 내 지랄을 피할 수 없을 거다."

청부업자가 빚쟁이를 협박할 때, 딱 이렇지 않을까. 고개를 돌리자 아침과는 다르게 안경도 벗고 아이라이너까지 완벽하게 그린 정지원이 서 있었다. 그런데 뭔 놈의 단어들이 저렇게 무시무시하냐. 디진다느니 지랄이라느니, 완전 욕쟁이 할머니구만.

'우리 학교는 개를 한 마리 키워. 2학년 3반에 정지원이라고 성격이 정말 개 같거든.'

이런 말이 나올 정도니 그 성격이 오죽하겠냐만. 근데 이 말을 누가 했더라. 아마도 내 옆에서 스리슬쩍 궁둥이를 빼는 놈으로 기억하는데.

"너 담배 어디서 피는지 알고 있어. 내 폰에 찍히는 바로 그 순간, 아미고한테 보낸다."

급기야는 지랄을 어떻게 구사할 것인지 친절하게 알린다. 옆에서 듣고만 있는 나도 그 악랄한 기세에 식은땀이 나는데 박창민은 아예 울 것 같다.

"나 담배 안 피거든!"

그 말과 함께 꽁무니가 빠져라 도망친다. 개라고 빈정거릴 때는 언제고 지가 그 개한테 물려서 도망치는 게 어이가 없다.

"알바는? 생각해 봤어?"

박창민의 말을 듣고 난 후라서 그런지, 내게 지어 보이는 저 미소가 마냥 순수해 보이지는 않고만.

　"복잡하게 생각할 거 없어. 돈이 필요하면 티켓팅을 하면 돼. 성공하면 나는 너에게 돈을 줄 거야. 만약 기대 이상으로 좋은 자리면 그 이상도 줄 수 있어."

　"뭐? 6만 원보다 더 벌 수 있다고?"

　나는 진짜 놀랐다. 고작 콘서트 티켓을 얻겠다고 이렇게까지 한단 말이냐. 6만 원이면 이미 내 보름치 용돈이다.

　"지금 이것도 일종의 계약이니까, 아까 저 자식이 말한 것처럼 다른 사람에게 팔아넘긴다거나 하는 불상사는 없었으면 좋겠어. 오늘 티켓팅에 실패하면 돈으로 티켓을 구하려는 성인 팬과 해외 팬이 사방 천지일 테니까."

　나에게는 '고작' 종이 한 장에 불과하지만, 정지원을 포함한 누군가에게는 감히 '고작'이라는 단어는 붙일 수 없는 건가.

　"생각만 해도 재수 없고 어이 털리는 일이지만, 좋아하는 마음을 돈으로 바꿔 버리는 건 문제도 아니야. 돈이 많으면 많을수록 더 쉽게, 더 좋은 자리를 구하는 것은 일도 아니고. 어리고 돈 없어서 억울할 때가 이런 경우지."

　정지원의 말투는 덤덤했다. 하지만 일렁이는 분노가 느껴졌다. 좋아하는 아이돌의 공연을 보기 위해, '돈'이 없는 팬은 '돈'을 가진 팬과 경쟁해야 한다니. 그건 말이 안 된다.

하지만, 아빠에게 굴복하지 않으려면 난 돈이 필요했다.

"알았어. 한 번 해 볼게."

나의 말에 정지원은 웃었다.

"오늘 저녁 8시, S쇼핑 사이트로 접속해. 간단하게 말하자면 가장 빨리, 가장 먼저 클릭하면 되는 거야. 결제 방법은 무통장입금으로 하고, 예매가 완료되면 나한테 문자 줘."

무슨 수학 공식 외우는 것마냥 숨도 안 쉬고 말하는 정지원을 향해 나는 '응?' 하고 멍청하게 되물었다. 정지원은 한숨을 쉬며 손바닥을 내밀었다. 나는 그 제스처가 뭔지 몰라서 멍하니 있다가 아차 싶은 마음에 말했다.

"핸드폰, 아침에 냈는데."

"폰 걷는다고 고분고분하게 냈어? 너도 참 순진하다."

타박하는 건지, 아님 칭찬하는 건지 정지원이 내 책상에 노트를 펴서 자신의 번호를 써 내려갔다. 점심시간이 끝나 갈 무렵이라 아이들이 반으로 돌아오고 있었고, 몇몇은 옆 반 정지원이 왜 내 앞에 있는지 물음표 가득한 시선을 보내고 있었다. 번호를 다 적은 정지원은 교실 밖으로 나가려 했다.

"저기, 있잖아."

정지원이 나가기 전에, 나는 궁금함을 못 참고 입을 뗐다.

"왜 그렇게까지 해?"

정지원은 나의 질문을 제대로 이해하지 못한 듯, 미간을 찌푸렸다.

"남들도 갖기 힘든 티켓이라며. 그럼 너도 갖기 힘든 거잖아."

"그런데?"

"누구에게나 힘든 거라면, 군이 고생할 필요 없이 다른 쉬운 길을 찾으면 되지 않아?"

정지원은 의외로 내 말을 차분하게 듣고는 잠시 생각을 했다. 그러더니 이내 '흐응' 하고 나지막한 콧소리를 냈다.

"왜 이런 고생을 하면서까지 티켓을 가지려 하느냐는 말이야?"

빙고. 나는 정지원의 언어영역 성적이 아주 죽여주겠다고 생각했다.

"뭐 군이 설명을 하자면, 나는 빽녀가 아니라서 티켓팅 외에는 티켓을 가질 수가 없어."

"… 빽녀?"

궁금하지만, 차마 시내에게 하듯이 무슨 뜻이냐고 못 묻겠다. 멍청하다고 살벌한 욕을 한 바가지 들을 것 같으니까. 정지원은 망설임 따위는 없는 또렷한 목소리로 대답했다.

"한마디로 사랑의 증명이지. 아무나 가지기 힘드니까 증명할 가치도 훨씬 높잖아."

정지원은 시크하게 말을 내뱉어 버리고는 뒷문을 통해 모습을 감추었다. 그런 고생 군이 사서 하지 않아도 우린 충분히 피곤하게 살고 있지 않냐. 뭔 놈의 사랑을 증명까지 해야 하니. 꺼내지 못한 말들이 입안에서 쓸쓸하게 맴돈다.

이따 오후 수업은 수면 시간이 될 것 같다.

반짝반짝 작은 별

성공은 노력에 비례한다고 누가 그랬는가. 그건 진짜 새빨간 거짓말이다.

점수라고 하기에도 쪽팔리는 숫자를 만회하기 위해서, 아빠가 유일하게 시켜 준 사교육이 있다면 그것은 수학 과외였다. 하지만 그렇게 돈을 써도, 나의 수학 점수 앞자리는 6에서 더 이상 오르지 않았다. 6에서 7로 가기 위한 머나먼 거리감에 나는 치를 떨었다.

"… 그게요, 쌤. 어제부터 열나고 춥더라고요. 에어컨을 너무 쐬어서 그런가 봐요."

수학 과외는 공교롭게도 오늘 저녁 8시에 잡혀 있었다. 나는 돈을 버리는 멍청한 짓보다, 알바를 하는 생산적인 선택을 했다. 과외는 얼마든지 보충할 수 있지만 알바는 아니니까. 나에게 과외 취소를 통보받은 쌤은 자기도 내심 귀찮았는지, 흔쾌히 받아들였다.

엄마한테는 쌤이 아파서 못 했다고 구라를 쳐야지. 이거 참, 거짓말도 힘들구만. 통화를 마친 나는 갈증이 나서 콜라 한 캔을 꺼냈다.

어느덧 6시 반을 지나고 있었다. 나는 우선 컴퓨터를 켜서 티켓팅을 검색했다. 사이트에는 온갖 아이돌 콘서트의 티켓팅 후기들이 빼곡했다.

티켓팅을 하려면 오픈되는 정확한 시간을 맞추기 위해 초 단위까지 계산하는 프로그램을 깔아야 하고, 컴퓨터 사양뿐 아니라 인터넷 속도가 중요해서 기왕이면 PC방에서 하기를 추천하고 있었다. 엄청나게 많은 사람들이 자신의 사랑을 증명하기 위해서 전쟁을 치르고 있었다.

진심 궁금하다. 이 사람들의 '사랑'은 도대체 뭘까.

실시간으로 올라오는 SNS 속 '#티켓팅'과 관련된 멘션에는 '#선플라워 콘서트'로 넘쳐났다. 역시나 오늘 8시에 오픈되는 티켓팅을 어떻게 성공할지 걱정하는 말들로 가득했다. 나름 게임 마니아인 동생 덕분에 우리 집 컴퓨터는 제법 좋은 성능을 갖추고 있긴 했으나, 이 정도의 빡빡한 경쟁률을 뚫을 수 있을지 의문이다. 어떤 멘션에는 기상청에서 쓰이는 슈퍼컴이 필요하다는 얘기도 있었다.

"실패하면 아빠한테 용돈은 주십쇼 빌어야 하나?"

아놔, 나는 정말 자기 최면에 젬병이다. 벌써부터 실패한 다음을 걱정하고 앉았으니. 그때, 카톡 알람이 울렸다.

「야, 대박! 정지원이 알바비를 티켓값 100%로 올린대!」

박창민이었다. 나의 입은 쩌억 벌어졌다. 6만 원도 내게는 엄청난데, 12만 원이라뇨. 나는 얼른 검색을 했다.

- AWESOME이 선플라워 콘서트에 게스트로 선다는 썰이 구썹[2]
이 아니었음….
- 어썸이 특별게스트? 여기 피켓팅[3] 확정이요 ㅜㅜㅜ

어썸…?

오늘도 교실에서 수십 번은 더 들은 핫한 아이돌 그룹에 나는 멍해졌다. 그래, '선플라워'하고 '어썸'은 같은 소속사였다. 길거리에 치이는 돌보다 많은 아이돌 중에서, 요즘 가장 인기몰이를 하고 있는 그룹이 바로 '어썸'이었다. 이런 그룹이 게스트로 나오면 경쟁률은 안 봐도 지옥이겠구나.

나는 폰으로 계산기를 켰다. 버스 좀 덜 타고 간식을 줄여도 내 지갑 속 돈으로 버티기에는 무리였다. 그래, 아빠에게 그리 쉽게 굴복할 수는 없어. 돈이 아쉬워서 질질 짜고 싶지는 않다고.

나는 한동안 게임을 안 해서 굳어 있을 손가락도 풀어 보고, 마

---

2. 거짓말이나 루머 등을 말하는 인터넷 용어.
3. '피를 튀기는 티켓팅'이라는 인터넷 용어. 몹시 힘든 티켓팅을 의미한다.

우스로 클릭하며 연습했다.

"응?"

그때였다. '파바박' 하고 고막을 강타하는 낯선 소리가 울려 퍼졌다. 냉장고 모터 소리도 사라지고, 학교에서 돌아온 순간부터 내내 틀어 놓았던 선풍기도 점점 힘을 잃었다. 내 앞에 켜져 있던 컴퓨터 모니터 빛도 사라졌다. 삽시간에 집 안은 어두워졌고, 아직 불그스름한 태양만이 집을 밝히고 있었다. 순간적으로 닥친 상황에 나는 잠시 멍해졌다. 빛과 소리가 사라진 집은 소름 끼치게 무서웠다.

"정전?"

그러고 보니 늦여름 더위가 기승이라 전기 사용량이 역대 최고니 어쩌니 에어컨 좀 적당히 켜라던 담임의 잔소리가 떠올랐다.

핸드폰으로 확인한 시각은 7시 25분, 앞으로 35분 후에 티켓이 오픈을 할 텐데 정전이라니. 나는 똥 마려운 강아지마냥 발을 동동 굴렀다. 그때, 핸드폰이 커다란 진동음을 내며 울렸다. 엄마였다. 이 시간에 전화하는 걸 보니 야근인가 보다. 아니면, 이 집의 상전이나 다름없는 공부 잘하는 아들 저녁밥이 없으니까 밥 좀 차리라거나. 안 그래도 정신없어 죽겠는데, 오늘만큼은 동생의 시녀 노릇은 사절이다.

나는 짜증을 누르며 폰을 들어올렸다.

"으아아아아! 안 돼에에에!"

순간, 나는 콜라캔을 툭 치고 말았다. 콜라는 뽀글거리는 거품을 뿜으며 키보드 버튼과 버튼 사이로 스며들었다. 집이 떠나가라 울부짖었지만, 키보드는 처참한 몰골로 안녕을 고했다.

재수 없는 놈은 뒤로 넘어져도 코가 깨진다더니, 내가 바로 그놈일 줄이야. 가뜩이나 긴박한 상황 때문에 열이 오르는데, 선풍기도 꺼져서 숨이 턱턱 막혔다.

나는 핸드폰을 챙겨 자리를 박차고 일어났다. 어차피 엘리베이터도 멈춰서, 나는 1층까지 계단으로 뛰어 내려갔다. 아파트 현관문을 열었을 때, 언제나 익숙했던 동네가 낯선 옷을 입고서 나를 맞이했다. 가로등은 꺼지고, 도로에는 눅눅한 어둠이 깔렸다. 아파트는 창문의 불빛이 사라지자 중세시대의 거대한 성벽처럼 보였다.

큰길로 나오자 불이 들어오지 않는 신호등 때문에 자동차들은 거북이 주행을 하고 있었고, 횡단보도에 서 있는 사람들은 쉽사리 건너지 못했다. 나는 횡단보도 건너편의 상가 간판을 주욱 훑어보았다.

"맞다, PC방도 정전이지."

나는 진짜 바보인가. 전기가 없으면 슈퍼컴퓨터도 소용없다는 게 왜 이제 와서 생각나는 거야. 더운 열기가 훅 하고 올라왔다. 이마의 땀을 손으로 훔쳤다. 시간은 7시 41분이었다. 내게 주어진 시간은 고작 19분, 그 시간이 가는 동안 문명의 혜택이 얼마나 소중한지 뼈저리게 느껴졌다. 5분 만에 12만 원 벌겠다는 내 욕망은 정전 앞에서는 하찮기 그지없다.

그때, 시야를 가리고 있던 꽉 막힌 어둠을 찢고서 불빛들이 번져 나가기 시작했다. 전기가 가동되는 '지잉' 하는 소리가 울려 퍼지고 편의점, 카페, 분식점 등 주변 가게들이 전기의 힘을 빌려 어둠 속에서 존재를 드러내고 있었다. 거리에 있던 사람들이 '불이다!' 하고 크게 소리를 쳤다. 신호등이 다시 작동을 시작하자 엉금거리기 바빴던 자동차들이 다시 속도를 뽐내기 시작했다.

마치 아까까지의 어둠은 착각이었던 것마냥, 사람들은 너무도 자연스럽게 빛을 받아들였다. 나는 주변을 멍하니 바라보았다. 그리고 익숙한 주변은 나를 흔들어 깨웠다. 횡단보도 건너편 상가 2층 PC방 간판이 영롱한 빨간빛을 내뿜으며 내게 손짓했다. 그리고 횡단보도 신호등이 파란불로 바뀌자, 나는 전속력으로 횡단보도를 뛰었다. 머리카락을 휘날리며 상가 입구를 향해 몸을 던졌다. 우사인 볼트의 영혼이라도 씐 것마냥 계단을 세 개씩 뛰어오르며 2층으로 향했다. 티켓팅이라는 최종 보스를 마주한 게임 속 아바타가 된 듯, 나는 결의에 가득 찬 마음으로 PC방 문을 열었다.

"아이씨! 던전 들어갔는데 정전되면 어떡하라고!"

"템 먹을라는데 꺼졌어. 아, 열받아."

퀴퀴한 담배 냄새로 가득한 PC방의 공기를 뚫고 여기저기서 목소리가 들려왔다. 정전이 이곳의 게임 덕후들에게 어떤 악영향을 미쳤는지를 보여 주었다.

PC방에 흐르는 분노의 기류에 눈치를 살피며 빈자리를 찾았다.

커다란 의자에 앉아 있는 사람들 중에는 단발의 머리를 손으로 훑으며 빨간 틴트로 칠한 입술을 오물거리는 내 또래 여자아이들부터 모자를 푹 눌러쓰고서 초조하게 모니터를 바라보고 있는 좀 더 나이든 여자들이 많았다.

저 여자들, 심상치 않은데.

알바생에게 카드를 건네받고, 나는 쭈뼛거리는 걸음으로 PC방 내부로 들어섰다. 걸음을 옮길수록 더 많은 여자들이 눈에 들어왔고 그들은 하나같이 큰 의자에 몸을 파묻은 채로 모니터만 응시하고 있었다. 간신히 빈자리를 발견한 나는 조심스럽게 몸을 구겨 앉았다.

시간은 7시 52분을 지나고 있었다.

"으아아, 이거 어떻게 하는 거야."

잠시 후면 그 티켓팅인지 뭔지를 해야 한다고 생각하니, 가슴 저 너머에서 잘 뛰던 심장이 바르르 경련을 일으킨다. 손은 또 왜 이리 덜덜 떨리는지, 겨우 손가락을 움직여 컴퓨터 모니터에 카드 번호를 입력하고 인터넷을 접속했지만 집에서 검색했던 티켓팅 방법은 하나도 생각나지 않았다. 머릿속을 누군가가 포크레인으로 사정없이 갈아엎어 버린 것 같았다. 그리고, 실시간 검색어에는 '선플라워 티켓팅'이 1위로 올라왔다.

나는 바짝 마른 입술을 핥으며 옆자리의 모니터를 바라보았다. 옆자리에는 정지원이 말한 S마켓 사이트와 8시에 카운트를 맞춰 놓은 인터넷 시계가 띄워져 있었다. 그것만으로도 옆자리에 앉은 사람이 무슨 의도로 이곳에 왔는지 알 수 있었다. 후드를 뒤집어쓰고서 결연한 표정으로 모니터를 바라보고 있는 그 언니의 옆모습에서 나는 깨달았다.

그렇구나. 이 사람이 바로 그 '덕후'로구나.

그 '덕후'께서 띄워 놓은 인터넷 시계가 7시 54분에서 55분으로 넘어가자 나는 정신없이 S마켓을 검색했다. 내가 이 사이트에 가입이 되어 있던가 하는 고민은 할 겨를도 없이 늘상 쓰던 아이디와 비밀번호를 입력하니 접속이 되었다. 마우스 커서를 덜덜 떨면서 콘서트라고 띄워져 있는 카테고리로 향했다.

아이돌이라뇨. 그것도 걸그룹이라뇨. 평소에는 별 관심도 없었던 9명의 걸그룹 멤버들의 모습이 선명하게 담겨 있는 포스터를 바라보고 있자니, 몹시 묘한 기분이다. 나에게는 아무것도 아닌 이 걸그룹이 정지원에게는 '사랑'의 대상이려나.

등줄기에 땀이 차는 것이 느껴진다. 이 몹쓸 새가슴 같으니. 어차피 내 일도 아니야. 긴장하지 말라고. 그렇게 스스로를 세뇌하는 동안, 슬쩍 돌아본 옆자리 언니도 표정이 하얗게 질려 있었다. 대체 이 '덕후'들은 이런 피 말리는 일을 사서 하는 거야. 사랑의 증명을 위해서 이런 정신적 고통을 자청하는 사람들이 있을 줄이야. '덕후'는 아무나 하는 게 아니었다.

온몸으로 밀려오는 초조함을 진정하지 못하고 나도 모르게 다리를 덜덜 떨었다. 그 순간, 눈에서 레이저를 쏘며 모니터를 보고 있던 옆자리의 언니가 고개를 돌렸다. 나와 마주친 그 눈에서 읽을 수 있었던 어지러운 긴장감과 떨림, 금방이라도 울 것 같은 눈빛을 어떻게 표현할 수 있을까. 나는 진심을 느꼈다. 진심으로 그 언니는 모든 에너지를 쏟고 있었다. 그리고 동시에 나는 이 상황에 놓인 나 자신에 대해서 무어라 변명하고 싶었다.

"팬은 아니고…"

머글인데요, 당신과 같은 덕후가 아니고요.

나도 모르게 구구절절한 설명을 하려던 그 찰나, 나와 눈을 마주했던 언니가 순식간에 고개를 앞으로 돌렸고 나 역시 덩달아 내 앞의 모니터로 시선을 돌렸다.

7시 58분이었다. 8시가 되면 누구보다 빨리 클릭을 해야 한다. 그래야만 피가 말리는 경쟁에서 살아남을 수 있다. 그리고, 인터넷 시계는 7시 59분 57초로 바뀌었다.

나는 지금껏 느껴 보지 못했던, 온몸에서 끓어오르는 초인적인 에너지를 손가락 끝으로 발사했다. 심장이 뛰다 못해 밖으로 튀어나올 것 같은 충격이 온몸을 강타했고 나의 손가락은 그 에너지를 담아 예매하기를 눌렀다.

그리고 콘서트 좌석 구역을 지정하고 자리를 클릭하라는 창이 눈앞에 펼쳐졌다. 나는 마치 귀신에 홀린 것처럼 마우스를 굴려 재빠르게 어느 한 구역의 한 자리를 눌렀다.

「이미 선택된 좌석입니다.」

이건 무슨 메시지야? 분명히 내가 선택했는데 이 찰나와 같은 시간 속에서 누군가가 먼저 눌렀다는 소리냐? 그게 가능해?

온갖 의문이 머릿속을 스쳤지만 나의 손가락은 그 의문을 마주하는 것보다 빨랐다. 확인 버튼을 누르고 그 옆에 있는 좌석을 다시 재빠르게 눌렀다. 그러자 좌석이 선택되었다는 깜박거리는 불이 들어왔고 나는 마치 바람과 한 몸이 된 것처럼 손가락을 놀려 마지막 종착지인 예매 완료하기를 눌렀다.

"허어억!"

100m를 전력으로 질주한 것마냥 내 입에서는 뜨거운 한숨이 터졌다. 등줄기를 타고 흐르는 땀방울의 미세한 움직임이 느껴졌다. 내 눈 앞에는 예매가 완료되었고 결제 방법을 선택하라는 창이 떠워져 있었다. 두근거리는 심장 소리가 내 귀를 가득 메우고 손가락은 파들거렸다. 성공인가. 하지만 나는 아무것도 확신할 수가 없었다.

"어떡해! 나 광탈했어! 아예 접속이 안 된대! 좌석표도 구경 못했어!"

그때, 내 옆에서 대성통곡하는 소리가 들려왔다. 옆자리 덕후 언니는 기어이 눈물을 쏟으며 누군가에게 전화를 걸어 소리치고 있었다. 모니터에는 '이용자가 많아 접속이 어렵습니다.'라는 메시지가 떠워져 있었다.

"좌석이 아무것도 클릭 안 돼!"

건너편에서 남자 덕후의 굵은 탄식이 터졌다. 그리고 뒤에서 여자아이들의 대화가 들렸다.

"성공했어?"

"3층 겨우 잡았어! 스탠딩이나 2층 가고 싶었는데, 이게 뭐야! 3층에서 오빠들 얼굴 어떻게 보라고!"

그랬다. 이 PC방에서 나처럼 티켓팅을 하는 사람들이 한둘이 아니었던 거다. 다들 실패하거나 만족스럽지 못한 결과에 푸념을 쏟아내고 있었다. 나는 떨리는 손으로 핸드폰을 들었다. 시간은 고작 8시 3분이었다. 옆에서 울던 언니는 그래도 포기가 안 되는지 예매하기 버튼을 마우스로 연신 눌러 대고 있었다. 하지만 접속할 수 없다는 메시지만 뜰 뿐이었다.

"매진 떴다! 진짜 미친 거 아니야?"

어딘가에서 욕설이 들렸다. 8시 5분에 선플라워 콘서트는 솔드아웃 상태가 되어 버렸다. 누군가에게는 그저 티켓 한 장일 뿐이고, 돈만 있으면 살 수 있는 좌석이지만, '덕후'들에게는 절대 반지와 다를 바 없었다.

나의 모니터에는 여전히 예매가 완료되었으니 결제 방법을 선택하라는 창이 떠워져 있었다. 이 작은 PC방에도 사람들이 이리도 많은데, 전국적으로 이 티켓팅에 참여한 수만 명은 더 있을 텐데. 내가 그걸 해내다니. 금방이라도 재채기가 나올 것처럼 콧속이 간질거리고 숨이 가빠 왔다. 이런 기분을 '뿌듯하다'라고 하는구나.

나는 승리자였다. 승리는 생각보다 꽤 짜릿했다.

나는 마우스를 돌렸다. 결제를 하기 위해서는 어떤 프로그램을 설치하라는 메시지가 띄워져 있었다. 설치 버튼을 향해 마우스 커서를 움직였다.

"안 돼!"

등 뒤에서 불쑥 낯선 손이 하나 뻗어 나오더니 나의 팔목을 단단하게 붙잡았다. 나는 소스라치게 놀랐다. 뒷머리가 식은땀으로 축축했다.

"미쳤어? 그거 누르면 자리 날아가! 버튼 누르지 말고 무통장입금으로 가상 계좌 받아!"

어디선가 들어 본 목소리가 내 귀를 세게 때렸다. 내 팔목을 붙잡은 손이 무통장으로 결제한다는 버튼을 누르고 가상 계좌를 받고 있었다. 이윽고, 모니터에는 예매가 정상적으로 완료되었음을 알리는 메시지가 떴다.

나는 의자에 축 늘어져 버렸다. 진이 빠져 몸은 늘어지는데, 의식은 허공을 맴돈다. 알바하다가 이런 유체이탈까지 경험할 줄이야.

"와, 티켓 번호 좀 봐. 이걸 잡았어요?"

그리고 옆에서 엉엉 울던 덕후 언니는 어느새 내 모니터를 같이 들여다보고 있었다.

"어떻게 티켓팅으로 18번을 잡지? 이 번호는 팬클럽 선행 티켓

번호일 텐데?"

그 언니의 말이 이상하게 따가웠다. 급기야는 아예 내 모니터에 얼굴을 박아 버릴 기세였다.

"가끔 선행 자리가 풀릴 때도 있는데 그걸 잡았나 보네. 너 이제 보니 레알 능력자잖아?"

내 등 뒤에서 다시 낯익은 목소리가 들렸다. 그제야 나는 뒤를 돌아 그 주인공을 확인했다.

"최미… 아니, 미란이… 너가 왜 여기에 있어?"

목소리의 주인공이 팔짱을 끼고 떨떠름한 표정을 지은 채 내 앞의 모니터를 바라보고 있었다. 마스크를 벗은 미란이의 얼굴은 작고 동글해서 귀여웠지만, 매섭게 쏘아보는 눈은 무척이나 강렬했다. 그 눈빛에 저절로 온몸이 꼬이는 느낌이었다.

"너도 아이돌 좋아하는지는 몰랐네."

아니, 그러니까 나는….

"700명 이상이 들어가는 구역의 18번을 잡는 능력자가 우리 반에 있었다니. 너 되게 존경스럽다."

… 덕후가 아니라니까.

나는 말을 삼켰다. 허기진 고양이가 공중에 매달린 생선을 바라보는 눈빛을 하고 있는 사람에게 무슨 말을 하겠냐.

부담스러운 눈빛을 물리치고서 나는 의자에 붙이고 있던 궁둥이를 슬금 들어 올렸다. 조용히 PC방 카드와 핸드폰을 챙기고서 몸을 일으키려는데 주변에서 수군대는 소리가 들려왔다.

"야, 저 사람 대박이다. 18번 잡았나 봐."

"우와, 소름 돋았어. 금손이 저기 있네."

나는 허둥지둥 인터넷 예매창을 꺼 버렸다. 그리고 자리에서 일어나 뒤로 걸어 나가려는데 문득 어떤 생각 하나가 머리를 스치고 지나갔다.

"저기, 아까 나 도와준 거지?"

나의 물음에 미란이가 빤히 쳐다보더니 쓰고 있던 뿔테 안경을 위로 치켜올렸다.

"알면 됐어. 너 티켓팅 처음이야? 그거 누르면 다시 원점으로 돌아가서 다른 사람이 그 자리 잡아 버린단 말이야."

"응, 고마워. 오늘 처음 해 본 거 맞아."

내 말에 미란이는 '선무당이 사람 잡는다더니.'라며 투덜거린다. 역시, 티켓팅을 하러 여기에 왔는데 잘되지 않았구나. 하지만 그럼에도 불구하고 나를 도와줬다는 것이 내심 고마웠다. 하지만 이 티켓은 내가 가려고 잡은 것이 아니라는 사실을 알면 또 어떻게 생각하려나.

심상치 않은 무게가 내가 잡아 버린 티켓 위에 얹어져 있는 것 같았다.

정전을 뚫고 어렵게 달려온 PC방이었으나, 정작 폰만 챙기고 지갑은 챙기지 않은 똥멍청이가 있었다. 카운터 앞에서 사색이 된 채로 입고 있는 츄리닝의 주머니를 탈탈 털어 보았지만 나오는 거라고는 500원짜리 동전 하나와 먼지덩어리뿐.

"같이 계산이요."

그때, 왕자가 나타나 5000원 한 장을 꺼내어 계산했다. 알바생은 똥멍청이를 한심하게 쳐다보았다. 분명 속으로 '이 빠순이는 티켓팅하면서 돈도 안 챙겨왔네.'라고 생각했겠지.

아, 글쎄 난 빠순이가 아니라고!

"라면 먹을래?"

건물 밖으로 나온 나에게 왕자는 물었다. 오늘 빚진 것은 내일 꼭 갚겠노라고 허리가 부러져라 굽신거린 후였지만, 이건 상상도 못 한 제안이다. 멍하니 바라보는 나에게 왕자는, 아니, 미란이는 뚱한 표정으로 대꾸했다.

"이건 안 갚아도 돼. 내가 쏘는 거야."

"왜?"

부담스럽게 왜 이러냐고 묻고 싶은 마음과는 다른 짧은 질문에 미란이는 말했다.

"금손한테 잘 보여 놓으라고."

아, 내가 미쳐. 티켓팅인지 뭐시긴지 땜에 금손 같은 소리 다 듣는구나. 나는 붕어마냥 입을 뻐끔거렸다. 그러니까 나는, 알바만을 했을 뿐이고 덕후도 아니고 빠순이도 뭣도 아닌 굉장히 노멀하기 짝이 없는 인간이라고 변명하고 싶어 미칠 지경이었다. 하지만, 그런 나의 마음은 알 리가 없는 미란이는 이미 편의점 안으로 성큼 들어간다. 젠장, 이래서 사람은 빚을 지고 살면 안 돼.

"너도 골라."

컵라면, 생수, 삼각김밥과 스트링 치즈를 집어 들고 미란이가 나를 향해 말했다.

책에서는 원치 않은 친절을 받은 주인공은 반드시 죽었다. 나도 라면 먹다가 얹혀서 죽을지도 몰라.

"선플라워 팬이야?"

억지로 하나 고른 컵라면을 들고서 내가 맞은편에 앉자 기다렸다는 듯이 미란이가 불쑥 물어 왔다. 나는 바싹 마른 입술을 핥으며 대꾸했다.

"팬은 아니고…."

"어? 그럼 너, 어썸 팬이었어?"

부정이 담긴 나의 말을 자르며 불쑥 끼어드는 미란이의 목소리는 약간 상기되어 있었다.

"아니. 그것도 아니야."

두 번의 부정이 이어지자 어썸 팬이 아니라는 말에 실망했는지 입을 쑤욱 내밀었다.

"근데 티켓팅을 왜 했어? 누구 도와준 거야?"

"어, 응. 어쩌다 보니."

알바라고는 말 못하고 그저 어색한 상황에서 빨리 벗어나고 싶어 대충 둘러대었다. 그와 동시에 핸드폰에서 카톡이 울렸다. 혹시 티켓팅 성공했냐며 자기는 들어가긴 했는데 클릭도 제대로 못하고 다 놓쳤다 어쩌고저쩌고 길게 적은 박창민이었다. 대충 훑어보고 폰을 다시 주머니에 넣었다가 문득, 미란이와 시선이 마주쳤다. 빤히 쳐다보는 그 시선에 나의 눈동자는 갈 곳을 잃었다.

"그, 그럼? 너는?"

뭐라도 말을 해서 상황을 돌려야겠다 싶은 마음에 더듬거리는 목소리로 물으니, 그 아이는 어깨를 으쓱거리며 나무젓가락을 뜯는다.

"나 우리 반에서 어썸 빠순이인 거 유명한데?"

"아."

"뭐, 모를 수도 있지. 학교에서 나댄 적은 없으니까."

그제야, 내가 이 아이에 대해 잘 모를 수밖에 없는 이유가 떠올랐다. 유독 지각과 조퇴가 잦았고 우리 반에서 병결로는 1위였다. 그러나 딱히 어디가 아픈 것 같지는 않았다.

"먹어, 불겠다."

멍하니 앉아 있는 나를 향해 미란이가 고갯짓을 하며 말했다. 나는 정신을 수습하고서 컵라면 뚜껑을 열었다. 라면 스프의 구수한

향내가 따뜻한 김과 함께 올라왔다. 티켓팅으로 정신없어서 챙기지 못했던 배 속이 꼬르륵 요동치기 시작했다.

"하아, 티켓팅 진짜 지긋지긋해. 취소표 잡으려면 새벽에 대기해야겠네."

라면을 후루룩 먹던 미란이가 힘 빠진다는 듯이 말한다. 거기에 나는 먹던 면발이 목구멍에 걸려 콜록거렸다.

"티, 티켓팅이 잘 안 됐어?"

"일부러 사양 좋은 PC방 수소문해서 왔는데 완전 광탈이야. 소속사가 미쳤는지, 안 그래도 선플라워는 걸그룹치고 티켓팅이 빡세기로 유명한데 거기에 어썸을 게스트로 불렀거든. 오늘 오후에 정식으로 소속사 SNS 계정에 올라와서 루머인 줄 알았던 어썸팬들 전부 멘붕 왔잖아."

애가 이렇게 말할 정도면 오늘 있었던 티켓팅의 난이도가 굉장한 것 같은데, 내가 그 티켓팅 전쟁에서 성공하다니. 이건 보통 사건이 아니다. 라면을 어서 먹어 치우고 집에 가야 했다.

"너 내일도 티켓팅 할 거야?"

그때, 불쑥 물어 오는 미란이의 물음에 나는 '응?' 하며 고개를 들었다.

"티켓팅이 내일도 있어?"

면발을 거의 뱉다시피 다급하게 묻는 말에 그 아이는 손에 들고 있는 젓가락으로 허공을 콕콕 찌르며 대답했다.

"콘서트 이틀이야. 오늘은 첫콘 티켓팅이고 내일은 막콘 티켓팅이고."

음, 오늘 성공했으니 난 또 할 필요는 없겠지. 이런 피 말리는 일은 영 적성에 안 맞아.

"그래서 말인데."

뭐냐, 불안하게시리.

"너 내일 티켓팅 하면 나도 줄 좀 서자. 오늘도 누구 도와준 거랬지?"

헐? 님아 지금 뭐라고 하셨음?

"18번까지는 바라지도 않을게. 200번에서 300번 사이로만 잡아 줘도 진짜 너 업고 학교 복도 뛰어다닐 수 있어."

아냐, 아냐. 부탁하지 말아 줘, 제발.

"오, 오늘은 진짜 운이 좋은 거였어. 내일은 어찌 될지…."

더듬거리며 변명하는 나를 바라보고 있던 미란이가 대뜸 한숨을 내쉰다.

"나도 싫어해. 친하지 않은 사람한테 부탁하는 거."

그러고는 마치 나를 꿰뚫어 보는 듯, 차분히 말을 한다. 나는 거기에 더 당황해서 대답을 못 하고 있었다. 남은 면발이 퉁퉁 불어 가는 국물을 젓가락으로 휘적거리고 있던 그 아이의 표정에서 살짝 우울한 기운이 묻어났다.

"너 오늘, 내가 기분 나쁘게 해서 그래?"

조심스러운 목소리로 물어 오는 말에 나는 고개를 갸웃거렸다.

"체육 시간에 너랑 시내가 같이 있는 데에서 내가 좀 싸가지 없게 말했잖아."

아, 그거. 그걸 마음에 담아 두고 있었던 모양이다. 나에게는 기분 나쁘고 자시고 할 이유가 없는 일이었는데. 그저 '반장을 싫어하는구나.'라든가, '성 붙여서 이름 부르는 걸 싫어하는구나.'라든가. 이런 생각들과 함께 좀 특이한 애라고만 여겼을 뿐인데.

하지만, 이 아이한테는 그게 아니었나 보다.

"아니, 난 별로 상관 안 하는데…."

나는 진심으로 아무 생각 없었기 때문에 웅얼거리듯이 한 말이었으나 미란이는 그것이 자신을 배려해 주는 거라고 느꼈던 모양이다. 나를 바라보는 이 아이의 눈동자에 담겨 있던 팽팽한 긴장감이 스르륵 풀어지고 있었다.

"뭔가 화난 것같이 들리잖아."

"뭐가?"

"성 붙여서 나를 부르면, 나한테 화난 것 같은 기분이 들어."

미란이는 내게 부연 설명이 필요하다고 생각했는지, 이빨로 물어뜯어서 뭉툭한 엄지손톱을 다른 손가락으로 매만지면서 재차 입을 열었다.

"단순하게 이름을 부르는 게 아니라, 꼭 나를 탓하려고 부르는 것 같아서 싫어."

"…."

"뭐, 그렇다고."

꽤 구체적인 설명을 하고, 쑥스러운 기분이 들었는지 목소리 끝을 일부러 높인다. 나는 그 아이가 솔직하게 말해 준 게 왠지 고마웠고 '그럴 수도 있겠다.'라고 동조해 주었다.

"나 좀 골 때리지. 엄마한테 그런 얘기 엄청 들었어."

그 말과 함께 미란이는 마지막으로 국물을 홀짝거리고는 컵라면을 옆으로 밀어 버렸다. 흠, 그 말이 좋은 의미는 아닐 텐데. 정작 미란이의 표정은 담담했다. 그렇다고 '맞아, 나 골 때려.'라는 인정의 표정도 아니었다.

"암튼, 입덕⁴을 환영해."

그때, 미란이가 내게 씨익 웃으면서 말했다.

"이제 곧 있으면 어썸에 입덕할 것 같은데."

"난 아니야."

"처음에는 다 아니라고 말하지."

나를 향해 미란이는 혀를 츳츳 찬다.

"처음부터 덕후인 사람이 어딨냐. 덕후는 만들어지는 거야. 넌 금손이라서 아주 훌륭한 덕후가 될 수 있어."

훌륭한 덕후라니. 그 말이 웃겼지만 웃을 수 없었다. 눈앞의 미란

---

4. 입(入)과 덕후가 결합한 인터넷 용어. 어느 한 분야에 덕질을 시작하게 되었음을 의미한다.

이는 너무 진지해서 주먹을 내 얼굴로 날릴지도 모르니까.

"우리 오빠들 진짜 존멋이야. 내가 입덕 영상 추천해 줄게. 제일 처음 했던 리얼리티 프로그램은 필수고, 예능이랑 음방 무대도 꼭 챙겨 보도록 해."

이젠 아예 강제로 내 발을 입덕의 세계에 들여놓는다.

"덕몰이를 제일 잘하는 건 리더인데 포지션은 래퍼고 작사랑 작곡이랑 프로듀서까지 다 하고 있어. 본명은 정휘영, 활동명은 휘. 집에서 가서 꼭 검색해 봐."

나는 어썸이 궁금하기보다는 그 어썸을 신나게 설명하는 미란이가 더 신기했다. 자기가 좋아하는 아이돌에 대해서 이야기하는 게 저렇게 즐거울까. 눈은 반짝이고 목소리는 한층 더 커져서 밤공기를 뚫고 우주까지 솟을 기세였다.

덕후란 나 자신보다 더 사랑하는 무언가가 있는 사람이구나.

"우선 이것부터 빌려줄게."

미란이는 자신의 가방을 열더니 책 한 권을 꺼냈다. 강렬한 빨간색 표지에는 제목이 없었다.

"너를 진정한 빠순이의 세계로 안내할 마력의 책이야. 이 책을 안 본 사람은 있어도 한 번만 본 사람은 없어. 책을 편 순간, 너는 절대 중간에 끊을 수 없을 거야."

주술사니, 너? 이렇게 묻고 싶은데 대체 이놈의 주둥이는 떨어질 생각을 안 한다. 왜 하필 빨간 책이야. 얘는 왜 빨간 책을 들고 음산하게 웃는 거냐고. 어느 공포물에서 주술사가 주술을 외우 듯 속삭이는 목소리에 나는 침을 꼴딱꼴딱 삼켰다.

"완전 리미티드야. 희귀본이라고. 딱 200명 한정 판매하는 걸 입금 경쟁해서 산 거야."

"나, 난 괜찮아."

기어들어 가는 목소리로 간신히 내뱉었다. '호의는 몹시 고마우나 사양할게.'라는 정중한 의미를 전하기엔 너무 무리였는지, 이미 빨간 책은 내 손에 쥐어졌다.

"대신 조건이 있어."

뭐야, 설마 돈 내라는 건 아니겠지.

"절대 너 혼자서 봐야 된다. 이거 수위 엄청 세단 말이야."

수, 수위? 그 말에 책을 들고 있는 내 손에 땀이 차기 시작했다.

"있잖아. 나 이런 거 한 번도 안 읽어 봤…"

"와, 내가 이 책을 빌려주는 사람도 있다니."

"진짜 안 빌려줘도 괜찮…"

"역시 넌 덕질을 할 운명이었어. 어썸 덕후가 된 걸 환영해."

저기요, 제 의지와는 전혀 상관없었거든요? 돈만 안 뜯어 갈 뿐이지 이건 완전 강매 수준이거든요?

"… 고마워."

하고픈 말은 다 어디로 가고 고작 주둥이에서 나온 말이 이거라니. 난 정말 똥멍청이야.

"내일 티켓팅 꼭 좀 부탁할게. 이 책도 일종의 뇌물이야."

"저기, 있잖아…."

"입덕 영상은 내가 링크 떠서 톡으로 쏠게."

결국, 얌전히 입을 다무는 쪽을 택한 나를 흡족하게 바라보던 최미란, 아니, 미란이는 얼른 책을 넣으라며 재촉한다. 정체가 무엇인지 모르겠으나 일단 남에게 보여서는 안 되는 금기의 서적을 나는 조심스럽게 품에 넣었다.

"아, 오늘 연습실에 가는지 확인하고 연락 준다고 그랬는데? 아직 숙소에 있나?"

그 말과 함께 미란이는 폰을 꺼내어 확인을 한다.

"오오, 오늘 연습실에서 밤새려나 보다. 기다리면 얼굴 볼 수 있겠어."

미란이가 핸드폰 위로 손가락을 번개보다 빠르게 놀리며 중얼거렸다.

"누구 얼굴을 보는데?"

미란이는 대답 대신 자리에서 일어나 가방을 등에 고쳐 맸다. 불과 한 시간 사이에 급속도로 가까워진 그 아이가 내게 살가운 미소를 보였다.

"이 다음은 나중에 알려 줄게. 덕질 레벨 중에서도 난이도가 좀 높은 편이거든."

"응?"

"내가 준 책은 충분히 즐긴 다음에 돌려줘. 아, 그래도 찢어지면 안 돼. 집에 소장용이 한 권 더 있지만 다시 살 수 없는 거니까. 나는 다 외워 버려서 한동안 안 봐도 상관없어."

똑같은 책을 두 권이나 사는 이유를 묻지 않았다. 사람이 모르는 것을 갑자기 너무 많이 알아도 수명이 단축될 수 있으니까. 내가 이렇게 어지럽고 토할 것 같은 것을 보면 충분히 가능성 있는 일이다.

"내일부터 너한테 인사해도 되지? 모른 척하기 없다?"

우리 둘 사이를 '같은 반이지만 얼굴만 아는 사이'에서 '인사는 하고 지내는 사이'로 급상승시키는 미란이였다. 굳이 그것까지 막을 이유는 없었기에 나는 알겠다는 의미로 고개를 끄덕였다.

"여기 택시 많이 있는 곳이 어디야?"

나는 한 블록만 더 내려가면 많이 있을 거라고 말해 주었다. 거기에 고개를 끄덕이던 미란이가 머리를 다시 질끈 묶는다. 분명히 집에 돌아가는 느낌은 아닌 것 같은데, 이 시간에 택시를 타고 어디를 가려는 걸까. 하지만 '인사는 하고 지내는 사이'가 물어볼 사안은 아닌 듯해서 나는 잠자코 있었다.

그때, 미란이의 핸드폰이 엄청난 진동을 자랑하며 울렸다. 번쩍이는 화면에 전화를 건 사람은 '아저씨'였다.

"안 받아도 괜찮아?"

미란이는 전화를 받지 않았다. 운동화 끈을 다시 동여매면서 어디론가 움직일 준비에 여념이 없었다. 내가 묻는 말에 '나중에 다시 걸면 돼.'라며 무미건조하게 대꾸했다.

"내일 티켓팅 하면 그거 내가 찜한 거다, 알았지?"

마지막으로 내게 신신당부를 하고는 남은 쓰레기들 좀 버려 달라 부탁을 한다. 그러고는 내가 알려 준 방향으로 전속력을 다해 뛰기 시작했다. 조그만 체구에서 저런 움직임이 나온다는 게 신기해 사라져 가는 뒷모습을 한참이나 바라보았다. 미란이는 곧 완전히 밤의 어둠 속으로 사라졌다.

쟤, 달리기를 저렇게 잘하는 아이였던가.

"내일 이 짓을 또 해야 한다고?"

나는 뭉크의 그림 속 인간처럼 절규했다. 하지만 PC방 이용값도 내주고 라면도 사 주고 반강제이긴 해도 책까지 빌려주었으니, 내가 사람이라면 마땅히 부탁받은 티켓팅을 시도라도 해야겠다는 생각이 든다. 아, 갑자기 어깨가 몹시 무겁고 뻐근해지네.

그나저나 미란이에게 전화를 건 '아저씨'는 누굴까. 미란이는 왜 전화를 안 받았을까. 뭐, 지나친 오지랖이다. 우리는 아직 '친한 사이'가 아니다.

한 학기를 함께 보낸 미란이지만, 같은 반이라는 것 외에 다른 관계는 없었다. 우리들은 친구는 아니다. 이제야 말을 좀 나누었고, 이제야 무엇을 좋아하는지를 공유했다. 그건 '친해질 수 있는 가능성 있는 사이' 정도로 생각해야 맞을 거다.

아이들은 학교에서 제법 복잡한 인간관계를 가지고 있다. 이름만 아는 사이, 가끔 얘기하는 사이, 카톡 하는 사이, 같이 밥 먹는 사이, 매점 가는 사이, 오래 전화하는 사이, 고민을 털어놓는 사이…. 너무 많고 어지럽다. 나는 그런 관계들이 수학 공식보다 복잡하고 힘들었다.

과연 어느 관계까지 가야 '친구'라고 불릴 수 있을까. '친구'라는 단어는, 나에게 '사랑'을 이해하는 것만큼 힘들다.

내 운동화가 바닥에 끌리며 나는 소리가 조용한 거리에 가득 울렸다. 그 소리에 맞춰 한참을 걷던 나는 웬지 낯선 느낌이 들었다. 항상 학교를 오고 가는 길이 이상하게 어색했다.

"어둡네."

아파트 후문의 뒷길을 비추어 주던 가로등이 모두 꺼져 있었다. 아까 있었던 정전의 여파로 고장이 난 건지, 불빛은 모두 사라져 있었다. 아마도 이 주변의 가로등만 고장이 났나 보다. 내가 다시 걸음을 내딛었을 때, 머리 위가 훤했다. 까만 하늘이 내 머리 위에 넓게 드리워 있었다. 기이한 느낌이었다. 다시 우뚝 멈추어 섰다.

어두운 주변과 맞닿아 있는 까만 밤하늘, 그 사이로 무언가가 촘촘하게 박혀 있었다. 나는 두 눈을 가늘게 떴다. 가로등과 네온사인의 빛이 없으니, 밤하늘을 자세히 바라볼 수 있었다. 신기했다.

"별이다!"

나는 한참이나 고개를 뒤로 젖힌 채 서 있었다. 목이 아팠지만 눈을 뗄 수 없었다. 밤하늘에 별이 반짝인다. 그것은 당연하다. 그런데 나는 왜 몰랐을까.

"안 보였으니까."

밤에 주변이 훤히 보일 정도로 불을 밝혀 놓는데, 반짝이는 별이 보일 리가 없잖아. 빛이 당연해서, 별을 잊은 거였어. 그렇게 나는 엄마의 전화가 올 때까지 한참 동안, 그 자리에서 하늘을 바라보았다.

반짝반짝 작은 별, 아름답게 비치네.

돈과 덕질의 상관관계
: 왕관을 쓰려거든 무게를 견뎌라

식탁에 올려놓았던 핸드폰이 부르르 떨린다. 카톡 발신자는 지긋지긋한 박창민이었다.

"남자 친구 생겼냐?"

전생에 어느 양반 집안이었을 남동생님께서 밥을 우물거리며 묻는다.

"얘가 남친이면 변기 물에 내 코를 쑤셔 박겠다."

정색하는 나에게 동생은 '아님 말고.'라며 다시 밥을 먹는다. 아침에 일어난 순간부터 쏟아지는 카톡의 주인공은 온통 한 명뿐이었다. 공부에 대한 끈기는 없어도 사람 환장하게 하는 끈기는 타고난 그 주인공은 바로 박창민이었다. 어제 저녁, 티켓팅을 실패했다는 넋두리를 받아 준 게 화근이었다. 나는 성공했는지 궁금해하는 녀석에게 'A구역 18번 티켓팅 했다.'고 털어놓았다. 그리고 나는 아침까지 인간혐오증을 제대로 실감하는 중이었다.

"와, 또 오네? 누군지 더럽게 할 일 없는 사람인가 보다."

식탁에 앉은 짧은 시간에 카톡은 열 번이 넘게 왔다. 그래, 이놈이 너한테 게임 머니 좀 싸게 팔아 달라고 부탁한 덕후란다. 너는 '고 2가 게임 할 시간도 다 있대?'라며 아주 옳고도 옳다 못해 싸가지가 말라 버린 거절을 했지.

"아후, 신경질 나."

학교에 가는 동안에도 끊임없이 오는 메시지를 참지 못하고 결국 나는 핸드폰 전원을 꺼 버렸다. 내가 18번 티켓을 얻었다는 사실에 눈이 뒤집힌 녀석은 그 정도 입장 번호라면 외국인에게 팔면 족히 100만 원 이상은 받을 수 있다며 온갖 설레발은 다 떨고 있다. 아니, 티켓팅 한 사람은 나인데 왜 지가 더 흥분해서 난리야. 하지만 나의 철저한 무시에도 불구하고, 이놈은 또 전생에 어느 사냥개 집안이었던 건지 한 번 물고 포기하지 않았다.

"야, 류주연! 너 대박 났다며!"

교실을 들어서기 무섭게 같은 반 남자애 둘이 내게 달려들었다.

"100만 원 이상이면 그 돈을 다 어디다 쓰냐?"

"진짜 쩐다. 나중에 대학 못 가면 너 그냥 티켓팅 하면서 먹고 살아도 되겠다. 5번만 해도 등록금 그냥 버네."

나를 앞에 두고 떠드는 말들이 점점 가관이었다. 나는 어제 저녁부터 오늘 아침까지, 그 짧은 시간 동안 이 사단을 일으킨 원흉을 가만두지 않으리라 이를 부득 갈았다.

"주연아, 너 선플라워 티켓팅 했어?"

급기야는 시내까지 교실에 오자마자 묻는 바람에 나는 '으악! 시끄러워!' 하고 비명을 질렀다. 망할 놈의 소셜 네트워크 같으니라고. 조용히 넘어갈 수도 있는 걸 사방팔방 소문나게 만들다니. 내가 씩씩거리고 있는 사이, 이 일의 원흉이 교실 뒷문을 열고 들어서고 있었다.

"너 죽고 싶지!"

나는 보기만 해도 울화통이 치밀어 소리를 질렀다. 처음에는 놀란 듯 몸을 움찔하던 녀석이 이내 실실 웃으며 내게 다가왔다.

"님아, 제가 알아보니까요. 어썸 중국 팬이나 일본 팬한테 팔면 100만 원이 문제가 아니래요."

"소름 끼치니까 존댓말은 집어치워! 내가 판다고 그랬냐! 왜 니 맘대로 소문내고 난리야!"

내가 소리치거나 말거나 이 망할 녀석은 자신의 폰을 꺼내 보이며 연신 떠들어 댄다.

"어썸 해외 팬 진짜 장난 아니게 많더라. 너는 티켓번호 캡쳐 해서 나한테 넘기기만 해라. 연결은 내가 다 해 줄게, 어?"

"닥치지 못해!"

나의 불같은 외침에도, 그 자식은 여전히 능글맞게 웃으며 '잘 생각해 봐. 그거 그냥 정가에 넘기면 완전 바보 인증이야.'라며 마지막 분노의 쐐기를 박는다. 저 주둥이 싼 놈, 가만두지 않겠어. 두 팔을 걷어붙이며 성큼 다가서려던 순간, 교실 문이 열리며 반장이 들어섰다.

"얘들아, 곧 담임 오니까 자리에 앉아. 지금 핸드폰 걷을게."

핸드폰 수거 가방을 든 반장의 말에 나는 치솟아 오르는 화를 애써 삭이며 자리에 앉았다. 아까부터 머리가 지끈거리는 게 홧병인가 싶다.

"어디 아파?"

내게 다가온 반장이 물었다. 이름표에 적힌 박지혜라는 글자를 멍하니 바라보다가 아차 싶어져 얼른 핸드폰을 꺼냈다.

"너도 아이돌 좋아하는 줄은 몰랐어."

아이고야, 이제는 완전히 아이돌 빠순이라고 오해받는구나. 그게 아니라고 구구절절 말하기도 구차해진 나는 그저 한숨만 길게 내쉬며 책상 위에 엎드렸다. 반장은 그런 나를 지나 뒤로 걸어가다가 무슨 생각이 들었는지 다시 내 옆으로 다가왔다.

"괜한 오지랖일 수도 있긴 한데…."

반장이 왠지 조심스러운 말투로 말을 했고, 의아해진 내가 고개를 들었다.

"너무 엮이지는 않는 게 좋을 거야."

"응?"

뭐가? 뭐를? 지혜는 웃으며 다시 뒷자리로 걸음을 옮겼다. 뭔 소리냐고 붙잡고 묻지 못할 만큼 나는 피곤했다. 그냥 1교시부터 일찌감치 잠이나 자야겠다.

문득, 내 시선은 반대편인 4분단으로 옮겨 갔다. 종례 시간이 5분도 남지 않았는데 4분단의 2번째 책상 하나가 비어 있었다. 어제 저 자리의 주인공이 '내일부터 인사하는 사이'라고 선언했던 게 떠올랐다.

"류주연, 어제 무슨 거사를 치르셨길래 넉다운이 되셨나."

하지만 막 휴식을 취하려는 찰나, 교실 앞에서 담임의 목소리가 들려왔다. 아이들은 그 말이 끝나기 무섭게 까르르 웃었다. 나는 이를 부득 갈며 뒤를 노려보았다. 거기에는 이 모든 사태의 원흉이 내 속도 모르고 아이들과 함께 와하하 웃고 있다.

1교시가 국어 시간이었다면 '웃는 얼굴에 침 못 뱉는다.'는 속담은 거짓이라는 걸 몸소 증명했을 거다.

*

"돈이 없으면 덕질도 못하는 세상인가 봐."

종례 전까지 벌점을 깎지 못하면 각오하라는 담임의 엄포가 떨어진 터라, 쉬는 시간에 손에 쥐가 나도록 영단어 깜지를 쓰고 있는 내게 시내가 말했다.

"뭔 소리야?"

"5반에 장아영이라고 있거든. 걔가 깜지 대신 써 준대."

"그거랑 덕질이랑 뭔 상관인데."

연결고리가 전혀 없어 보이는 내가 퉁명스레 말하자 시내는 깜지 쓰던 손을 멈추었다.

"걔가 깜지 알바 하는 이유가 덕질을 위해서잖아. 걔도 아주 유명한 빠순이서 본인이 사랑하는 오빠들 컴백 앨범비 벌겠다고 한 장에 500원 받고 써 준대."

"앨범이 그렇게 비싸?"

나의 물음에 '이렇게 암것도 모르는 애가 티켓팅은 대체 어떻게 했냐.'라며 시내가 한탄을 하더니 다시 대답했다.

"고작 앨범 한 장 산다고 그러겠어? 앨범을 많이 사야 싸인회나 악수회에 당첨될 확률이 높아진단 말이야."

그런데 이 기집애가 왜 이런 말을 나한테 하는 거지?

내가 도끼눈으로 시내를 노려보자 진정하라는 듯이 '아니, 그러니까.'라며 고분한 말투로 바꾸고는 말을 이어 나간다.

"단순히 좋아하는 마음만 있으면 그건 덕후가 아니라 팬이지. 덕후와 팬의 차이는 돈을 얼만큼 쏟는지에 달렸어."

"그래서."

"돈 때문에 울고 웃는 게 덕후의 운명이라는 소리야. 너는 가볍게 생각할지 몰라도 덕후들은 진지하다 못해 살벌하다고."

진짜 무슨 소린지 하나도 모르겠네. 짜증이 솟구친 내가 쥐고 있던 펜을 책상 위에 탁 소리 나게 내려놓자 시내는 다 걱정이 되니까 하는 소리라며 애둘러 말한다. 그냥 무심코 집은 티켓 한 장에 뭔 놈의 말들이 이렇게 많은지 이제는 신경질이 난다.

"너가 류주연이야?"

그때, 어디선가 들려오는 낯선 목소리에 고개를 돌리니 처음 보는 얼굴의 여자애 두 명이 있었다. 그중 통통한 체격의 한 명이 나를 향해 입을 연다.

"니가 선플라워 콘서트 18번 티켓 가졌다는 애지?"

이건 무슨 상황이지? 왜 처음 보는 애가 나한테 와서 이런 말을 하는 거지?

몹시 당황한 나였다. 옆에 있던 시내가 흥미진진하게 그 애들을 바라보기 시작했다.

"있잖아, 나는 어썸 팬인데. 혹시 티켓 니가 가려고 잡은 거야? 소문에 너는 팬은 아니라고 들어서."

설마, 티켓 때문에 나를 찾아온 건가. 내가 대답이 없자, 그 여자애는 다시 한 번 부끄러운 미소를 지으며 조심스레 말한다.

"그거 오늘 자정까지 입금해야 하는 거 맞지? 나한테 넘겨주면 안 될까?"

"야, 팬도 아닌데 그 좋은 번호를 미쳤다고 정가에 양도할 것 같아?"

티켓을 넘겨 달라고 말하기 무섭게 다른 여자애가 팔꿈치로 툭 툭 치며 말한다. 나를 앞에 두고서 지들끼리 쑥덕거리는 내용에 어이가 없다. 시내가 내 귓가로 슬며시 다가온다.

"말했지? 살벌하다니까?"

시내의 속삭임에 나는 꿀 먹은 벙어리가 되었다. 그런 나를 통통한 체격의 여자애가 흘끔 바라보더니 곧바로 미간을 찌푸리며 절박한 표정을 짓는다.

"고 3 되기 전에 꼭 어썸 보고 싶거든. 근데 학생 팬 돈 없는 건 너도 잘 알잖아. 부탁이니까 정가에 양도해 주면 안 돼? 내가 너한테 밥 살게."

아니, 니가 누군데 내가 밥을 같이 먹어? 난 이미 어제 또 다른 덕후에게 뇌물성 라면을 얻어먹은 상태거든? 근데 그 덕후는 너처럼 티켓 넘기라는 소리는 안 하더라?

"그렇게 좋아하면 니가 티켓팅을 하지 그랬어."

목구멍까지 차오른 말을 가까스로 삼키고서 좋은 말투로 돌려서 말하자, 그 아이는 금방이라도 울 것 같았다. 그러자 옆에 있던 애가 나를 향해 날카롭게 말했다.

"당연히 실패했으니까 온 거지. 너 지금 누구 놀려?"

아니, 이게 지금 부탁하는 사람의 자세냐. 순간 욱할 뻔한 나였으나, 시내의 말처럼 요 살벌한 덕후들을 굳이 자극하고 싶지는 않았다. 나는 점잖게 다시 말했다.

"나도 어제 티켓팅 처음 해 본 건데, 운 좋게 얻어 걸렸을 뿐이야.

그리고 이 티켓은 이미 임자가 있어."

"정말? 근데 애들은 니가 그 티켓 비싸게 팔려고 그런다는데?"

"그러니까 나는 그딴 소리 한 적이 없… 는데, 어쩌다 보니 그런 소문이 난 것뿐이야."

그딴 소리를 퍼뜨린 누군가의 얼굴이 떠올라 치밀어 오르는 화를 가까스로 누르고서 설명을 했고, 그 애들은 당황한 듯 서로를 마주 본다. 더는 할 말이 없어서 나는 일자로 입을 꾹 다물었다. 그러자, 두 여자애는 꾸물거리며 물러났다.

"거짓말하는 거 아니야?"

"괜찮아, 플미[5] 붙여서 팔면 신고하자. 그럼 자리 취소된대."

내가 신경질적으로 고개를 돌리자 교실 밖으로 뛰쳐나간다.

진짜 어이가 없네. 신고는 또 뭔데. 내가 범법자야, 뭐야.

"님아, 생각 좀 해 보심?"

그새 들려오는 능글맞은 목소리에, 나는 진심으로 사람을 때릴 수 있겠다 싶었다.

"설령 내가 이 티켓을 판다고 하더라도 너하고는 절대로 안 나눠."

진심이란 진심은 모조리 끌어모아 내뱉어도 녀석은 물러날 생각이 없는지 여전히 느끼하게 말한다.

---

5. 프리미엄의 약자. 정식 가격에 얹어지는 금액을 의미한다.

"아이, 왜 이러실까. 티켓 사이트에서 얼마에 거래되고 있는지 알면 그런 소리 못할걸. 제가 다 도와 드린다니까요."

기름이 줄줄 새어 나올 정도로 아부를 떨던 녀석이 내 앞에 핸드폰을 들이밀었다. 핸드폰 제출 안 하고도 무사하다니, 재주 좋은 자식이다. 화면에 띄워진 것은 온라인 티켓 거래 사이트였다. 선플라워 첫콘 티켓을 판매한다는 글에 수백 개의 댓글이 달려 있었다.

"벌써 사기당한 사람들도 있어. 티켓 잡았다고 뻥치고서 입금 먼저 받은 다음에 잠적한대."

"너 진짜 할 일이 그렇게 없냐?"

내 동생이 인간미는 없어도 똑똑한 놈이긴 하다. 더럽게 할 일 없는 사람이라는 동생의 비아냥을 그대로 전해 주었지만 박창민은 능글맞음의 화신이었다. 이 자식은 전생에 어느 사냥개가 아니라 사기꾼 집안에서 태어난 게 분명하다.

"이제 그만해라. 나 진짜 짜증나거든?"

"다시 생각해 봐. 이건 진짜 하늘이 준 기회라고. 한 달 알바 쎄빠지게 해도 100만 원 겨우 넘는다고."

나는 속으로 기도를 올렸다. 하느님, 부탁이니 제 인내심을 최대치로 강화하셔서 이 녀석의 얼굴에 제 주먹이 날아가지 않도록 하소서.

"거기에 목숨 거는 빠순이들은 그 돈을 주더라도 갖고 싶다잖아. 너는 돈 벌고, 이름 모를 빠순이는 코앞에서 자기 오빠 실컷 보고."

주둥이에 모터를 단 것마냥 쏟아내는 말을 무시하고 나는 등을 돌렸다. 내가 자리에 앉아 영어 교과서를 꺼내거나 말거나 이 자식은 내 앞에 아예 자리를 잡았다. 하느님이 마지막까지 붙잡아 주던 이성의 끈이 끊어질 지경이다. 이 자식의 머리를 교과서 모서리로 힘껏 내려친 다음 멱살을 부여잡고 내동댕이치고 싶었다.

그때였다.

"너 팔아먹으려고 티켓팅 한 거야?"

까칠하다 못해 성이 난 목소리가 들렸다. 고개를 돌리자 미란이가 서 있었다. 눈 밑이 까맣게 그을린 게 무척 피곤해 보였지만, 온몸에서는 서슬 푸른 에너지가 뿜어져 나왔다. 쫑알거리던 박창민도 무시무시한 아우라를 느꼈는지 죽어라 떠들던 입을 다물었다. 삽시간에 주변이 싸늘해졌다.

"어제 나한테는 그런 말 안 했잖아. 그냥 누구 도와준 거라며."

"어, 그러니까 그건…"

물론 순수한 의도는 아니었지만, 내 입으로 티켓 팔겠다고 말하고 다닌 적도 없는데 왜 이런 비난을 받아야 하냐. 너무 억울했다.

"와, 잘못하다가는 한 대 치겠다?"

그리고 그때까지도 분위기 파악을 못 한 박창민이 한마디 던졌다. 그 말은 미란이의 분노에 제대로 불을 당겨 버렸다. 나를 쏘아보던 눈빛이 박창민에게 향하자 녀석은 움찔하면서도 이내 아무렇지도 않다는 듯이 거들먹거렸다.

"티켓 파는 게 뭐 어때서? 어차피 니들도 돈만 있으면 좋은 번호

사고 싶은 거 맞잖아? 그게 싫으면 니들이 좋은 번호 잡았어야지, 왜 괜한 사람한테 화풀이냐고."

말투는 거들먹거리면서 미란이의 눈은 피하는 게 어지간히 쫄리나 보다. 미란이는 천천히 주먹을 쥐었다. 염통까지 서늘해지는 기세에 나는 마음이 불편했다. 해명을 하는 게 맞지만, 미란이가 무엇 때문에 화가 난 건지 정확하게 알 수 없어서 답답했다.

"니가 그런 애인 줄 알았으면, PC방에서 절대 안 도와줬을 거야."

미란이의 말은 나의 양심을 콕콕 쑤시고 지나갔다. 억울한 기분이 서서히 미안한 기분으로 바뀐다. 그래, 맞아. 어제 PC방에서 미란이가 결제 방법을 가르쳐 주지 않았다면 18번 티켓은 공중분해되어 버렸겠지.

"오해야, 니가 어제 도와준 티켓 비싸게 팔 생각 없어."

거기까지 생각이 정리되자 나는 조심히 말했다. 그러자 분노로 이글거리던 미란이도 조금씩 차분해졌다. 도리어 박창민이 '야, 왜 그러냐.'라며 만류하기에 나는 단호하게 말했다.

"그건 저 입 싼 놈이 멋대로 지어서 퍼트리고 다닌 거고. 사실, 어제 티켓팅은 누가 알바 하지 않겠느냐고 제의해서 했어. 누굴 돕겠다는 좋은 마음으로 한 건 아니야."

일단은 오해부터 풀어야 했다. 나의 말에 미란이는 진정이 되었는지 크게 숨을 내쉬었다. 박창민은 내가 티켓을 안 판다는 말이 계속 걸리는지 '너 그거 미친 짓이라니까.'라며 한 대 맞을 소리만

한다.

"어쨌든 티켓팅 한 이유는 돈 때문인 거네?"

여전히 까칠하게 미란이가 물었다. 나는 그것까지 반박할 수가 없어서 고개를 끄덕였다.

"어떤 사람은 죽을 만큼 좋아해서 티켓팅을 하는데, 어떤 사람은 돈 때문에 그냥 한 번 해 보는구나."

분명 비아냥인데, 말투는 오히려 서글픔이 묻어난다. 나는 몹시 미안했다. 미란이를 향해 사과의 말을 하려던 그때, 엉뚱한 곳에서 다른 목소리가 들려왔다.

"니가 죽을 만큼 좋아하는 게 선플라워는 아니잖아."

주변의 이목이 그쪽으로 집중되었다. 긴장감이 높아져 등골이 싸해졌다. 아니나 다를까, 그 목소리를 들은 미란이도 두 눈이 매섭게 빛난다.

"어썸 빠순이들이 티켓팅 테러 해 준 덕분에 안 그래도 힘든 티켓팅 진짜 욕 나오게 어려워졌거든?"

정지원이었다. 냉랭하게 말을 마치고 거침없이 이쪽으로 걸어왔다.

"야, 너."

두 음절만으로도 느껴지는 분노에 뒤에서 몸을 웅크리고 있던 박창민은 당황해서 급히 몸을 뺐다.

"내가 경고했지."

"아니, 티켓 파는 사람은 내가 아니라 류주연인데…."

내게 누명을 씌우는 저 오만방자한 입을 틀어막고 싶었다. 정지원은 어떻게든 빠져나가려는 이기적인 놈에게 살쾡이마냥 그르렁거렸다.

"함부로 오지랖 떨고 다니면 제명에 못 사는 거야."

협박이었다. 머리 하나는 더 큰 박창민이 도망가자 그 아이는 긴 한숨을 내쉬며 앞머리를 쓸어올린다.

무섭다. 괜히 티켓팅 한다고 설쳐서 이게 무슨 꼴이냐.

"티켓팅 테러? 너 지금 테러라고 했냐?"

미란이가 타오르고 있었다. 불꽃이 타오르다 못해 눈 밖으로 쏟아져 나올 기세였다. 주위에는 폭풍우가 쏟아질 듯한 긴장감이 돌았다. 차가운 지원이와 뜨거운 미란이가 맞붙은 이곳은 전선이었다. '어썸 빠순이'라고 저격을 당해 이글거리는 미란이에게 '선플라워 빠순이'는 여전히 냉랭했다.

"틀린 말 했어? 고작해야 20분 나오는데 그거 하나 보겠다고 역대 최악의 피켓팅으로 만든 게 어썸 빠순이들이잖아."

"콘서트 흥행에 후배 아이돌 이용하는 걸그룹 빠순이가 누굴 욕해?"

"겨우 이틀 하는 콘서트 오겠다고 티켓팅을 하는 양심리스 어썸 빠순이 욕하는 중인데."

"원래는 삼 일인데 객석 못 채울까 봐 줄인 거라며?"

"아아, 누가 그런 루머를 생성하나 했더니 니들이었구나, 어썸 빠순이."

뭐, 총칼만 안 들었지 전쟁이 따로 없었다. 제발 나를 가운데 두고서 이러지 말아 줄래. 죽을 지경인 내게 시내가 조용히 다가왔다.

"나 아이돌 덕후들 싸우는 거 실사로는 처음이다."

누군들 본 적 있겠냐. 이런 신경전을 벌이는 이유가 그놈의 티켓 때문이라니.

그때, 4교시가 시작한다는 종소리가 울렸다. 하지만 아무도 돌아갈 생각을 하지 않았다.

"얘들아, 미안한데."

누군가 상냥한 목소리로 대치 중인 공기를 가르고 들어온다. 반장 지혜가 웃으며 뒷짐을 지고 있었다. 이런 분위기에 화사한 미소라니. 쟤도 보통이 아니었다.

"곧 4교시 영어 시작하는데, 너네도 알다시피 영어가 좀 성격이 깐깐하잖아. 대화는 나중에 마저 하고 일단은 각자 돌아가는 게 서로에게 좋지 않겠어?"

반장에게 반박할 사람은 아무도 없었다. 말이 끝나기 무섭게 아이들이 저마다 각자의 자리로 흩어진다. 휴전 상태가 되어 버린 미란이와 정지원은 아무 말 없이 서로를 바라보았다.

"점심시간에 얘기 좀 할 수 있을까."

침묵을 먼저 깬 것은 정지원이었다. 하지만 그 대상은 미란이가 아니라 나였다.

"어, 응. 그렇지 않아도 나도 너 만나러 갈 생각이었어."

"그럼 운동장 철봉 벤치에서 기다릴게."

정지원은 그 말을 내게 하고 미란이를 스윽 바라보더니 밖으로 나가려 했다.

"내 얘기도 같이 하는 게 좋을 거야."

그때, 미란이가 큰 소리로 말한다. 아이들은 다시 싸움을 시작하나 싶어 돌아보았다.

"그 티켓, 날아갈 뻔한 거 구해 준 사람이 나거든? 그러니까 나도 그 알바 한 거 맞잖아?"

그 말에 정지원은 황망한 표정을 지으며 나를 돌아보았다. 나는 뒷목을 잡았다.

아, 역시 어제 나의 감은 틀리지 않았다. 내가 잡은 티켓에는 어마무시한 무게가 실려 있었다. '왕관을 쓰려는 자, 그 무게를 견뎌라.'라는 말은 진짜였다.

*

그날, 미란이는 평소와 같았다. 어울리는 친구들과 급식을 먹으며 조잘거렸다. '어제 연습실로 자장면 배달시켰다.', '이번 주 토요일에 공항에 간다더라.' 하며 어썸에 대해 말하고 있었다.

"정지원 만나러 가?"

후식으로 아이스크림 하나 해치우고 무거운 몸을 일으키는 나를 향해 시내가 물었다. 아침부터 스트레스에 시달렸더니 온몸이 두드려 맞은 듯 찌뿌둥했다.

"응, 가서 티켓 얘기 마무리 지을라고. 신경 쓰여 죽겠어."

"쯧쯧, 오지랖이 뭔지도 모르던 애가 어쩌다 그리됐냐."

"이미 충분히 후회하고 있으니까 그만해."

꼭 그걸 지적해서 내 속을 뒤집어 놔야겠냐. 원망스런 나의 시선에도 시내는 즐거워 보였다. 실실 웃기까지 한다. '다녀와서 무슨 말했는지 꼭 말해 줘.'라는 걸 보면 분명 이 상황을 즐기는 거다.

"야, 이시내! 과외 같이할 거지!"

그때, 어디선가 나타난 채민지가 시내를 향해 큰 목소리로 묻는다. 민지는 오늘도 운동복 차림에 농구공을 들고 있다.

"엄마한테 아직 안 물어봤는데."

"이번 주에는 무조건 엄마한테 물어보라고 말했잖아. 한 명은 비싸지만 둘이 나누면 할 만하다니까."

"그거 하면 진짜 대학 갈 수 있어?"

"우리 오빠가 산 증인이거든? 너랑 나는 성적이 나빠서 고 3 되기 전에 일찍 시작하는 게 좋다고 그랬어."

그 말에 시내는 구미가 당기는지 눈을 빛낸다. 그냥 지나가고 싶었지만 나도 엄연히 대한민국 수험생을 몇 달 앞둔 입장이라 저절로 귀가 간다. 그런 나를 눈치챈 민지가 대뜸 말한다.

"류주연, 너도 할래?"

"하자, 하자. 너까지 해서 셋이 하면 겁나 싸지겠다. 너도 성적 우리랑 비슷하잖아."

그래, 나도 내신 성적으로는 죽었다 깨어나도 서울권 대학은 힘들지. 그렇지만 내가 과외 하나 더 하고 싶다고 허락해 줄 엄빠가 아니다. 나는 그저 웃었다. 민지는 호들갑을 떨며 말했다.

"내신 성적 적게 반영하는 수시 준비하는 과외인데, 자기소개서랑 논술 같은 거 하는 거야. 우리 오빠는 성적 나쁘지도 않았는데 그거 준비해서 지망보다 더 좋은 대학 갔어."

생각조차 안 했던 입시 이야기에 갑자기 기분이 이상해진다. 대학이라면 그저 막연하게 수능시험 봐서 간다고 생각했을 뿐, 전형은 고사하고 자기소개서니 논술이니 알아볼 생각은 한 번도 안 했으니까.

시내는 '엄마는 내가 하고 싶다고 하면 시켜 줄 거야.'라고 했다. 나는 그 말에 짜증이 났다. 혹시라도 나의 마음이 들킬까 싶어 재빨리 자리를 피해 나왔다. 우리 아빠와 엄마는 성적에 대한 고민을 나눌 상대가 아니다. 위로는커녕 어쩔 거냐고 잔소리할 게 뻔하다. 게다가 요즘 아빠 회사 분위기가 심상치 않다는 말이 자주 들려서, 돈에 대한 얘기는 엄청 민감했다. 과외를 하나 더 늘린다니, 꿈도 야무지다.

이런저런 생각을 하며 나는 어느새 정지원과 약속했던 벤치에

도착했다. 축구를 하는 남자아이들과 끼리끼리 모여 수다를 떨고 있는 여자아이들 사이로 벤치에 앉은 정지원이 보였다. 까만 뿔테 안경을 쓰고 노트를 읽고 있었다. 저 우등생이 불과 한 시간 전에 우리 반을 휘저어 놓은 주인공 맞나. 똑 부러지는 눈빛으로 노트를 훑으며 몹시 집중하고 있었다.

"너네 반에서는 이 문법도 얘기했어?"

가까이 다가가니 정지원은 긴 머리의 아이와 머리를 맞대고 함께 노트를 보고 있었다.

"응, 우리 반 영어가 성격도 그렇고 좀 깐깐하게 설명하는 편이잖아. 시험에 나올지는 모르겠는데 일단은 다 적어 놨어."

교과서에나 나올 법한 이상적인 대화로다. 정지원과 대화를 나누는 사람은 바로 반장 박지혜였다.

"어, 주연이 왔네?"

나의 성적으로는 감히 낄 수도 없는 우등생 두 명이구만. 어정쩡하게 서 있던 나는 억지로 웃어 보였다. 내가 온 것을 뒤늦게 정지원은 노트를 덮고서 지혜에게 넘겨준다.

"어쨌든 영어 진도는 우리 반이 더 빠르니까 이따가 종례 끝나고 내 교과서 가져가."

"그럼 내가 수학 교과서 갖다 주면 되겠네. 수학 진도는 우리가 더 빠르니까. 이번 시험 범위에 미적분 심화 포함되서 머리가 너무 아픈 거 있지."

자신의 이름이 적혀 있는 노트를 받아 든 지혜가 웃으며 투덜거린다.

"웃기시네. 수학은 나보다 훨씬 잘하는 주제에. 엄살도 적당히 하시지."

정지원의 말에 나는 움찔했다. 하지만 정작 당사자는 그런 독설이 익숙한 모양인지 방실거리며 웃기만 한다.

"그렇게 따지면 영어는 니가 우리 학교 1등이잖아. 가끔은 나도 노트 보여 주기 싫을 때도 있거든?"

"아닌 척하면서 뒤로 공부하는 거 다 알아."

정지원은 싸늘하게 콧방귀 뀌며 잘라 말한다.

뭐니, 얘네. 되게 무서워. 열등감 팍팍 느껴지게 하는 둘의 대화에 나는 얌전히 있었다. 어느새 일어난 지혜가 나에게 '얘기 잘하고 와.'라며 상냥하게 웃어 보인다. 그 '얘기'가 뭔지 뻔히 알면서 태연하게 격려를 마치고 돌아서는 반장의 뒷모습이 참 낯설다.

"비즈니스 관계야."

"어?"

옆에서 들려오는 한마디에 놀란 내가 고개를 돌렸다. 정지원이 등을 벤치에 비스듬히 기대고서 다리를 꼬고 앉아 말했다.

"영어랑 수학은 너네 반이랑 우리 반이랑 담당 선생이 다르잖아. 그래서 가끔 노트하고 교과서 필기 교환하는 비즈니스 관계라고. 시험 문제는 선생 둘이 의논해서 내니까 만점 받으려면 너네 반 영어 진도도 알아야 하거든."

"아아."

정말 쿨한 관계 정리에 나는 할 말이 없었다. 비즈니스라는 단어도 그렇고, 만점이라는 단어도 그렇고 말이다. 정지원과 박지혜의 사이가 '친구'라는 단어로 정의될 수 없는 걸 확실히 알았다.

"앉아, 왜 서 있고 난리야."

"아, 응."

정지원이 고개를 까딱거렸고 나는 말 잘 듣는 강아지마냥 서둘러 걸터앉았다. 그리고 뻘쭘한 침묵이 이어졌다. 먼저 말을 꺼내야 하나 고민이 들 즈음, 옆에서 나지막한 한숨이 들렸다.

"아까는 미안했어."

응? 놀라서 바라보는 내게 그 아이는 짧게 혀를 찼다.

"괜히 내가 티켓팅 의뢰해서 니가 불편해진 것 같네. 박지혜가 너 아침부터 꽤 골치 아팠을 거라고 그러던데."

예상하지 못한 사과에 나는 좀 민망했다.

"아냐, 내가 어제 박창민한테 괜히 말해서 그런 건데 뭐…."

나의 말에 "그 자식은 걸리면 진짜 죽었어." 살벌하게 읊조린다. 나는 진심으로 박창민의 안녕을 빌었다.

"그런데."

그때, 정지원이 다시 냉정한 목소리로 말을 이어 나갔다. 올 것이 왔구나. 나는 마른침을 삼켰다.

"최미란이 한 얘기가 사실이야?"

"응."

정지원은 '허' 하고 탄식을 내뱉는다. 이 세상의 모든 고민을 짊어진 표정이었다.

"네가 잡은 그 티켓이, 최미란이 도와주지 않았으면 없었을 티켓이라고?"

"결제 창으로 넘어간 이후에, 내가 프로그램 설치하라는 버튼을 누를 뻔했거든. 그걸 미란이가 막아 줬어."

"아, 미치겠네."

지원이는 진심으로 안타깝게 중얼거렸다. 엄밀히 따지면 내 아이디로 얻은 티켓이니까 내 소유겠지만, 그 과정에서 미란이의 도움이 절대적인 건 사실이다. 정지원은 한참이나 말이 없었다.

"A구역 18번이라니, 그런 기적에 가까운 번호를 티켓팅으로 잡았다는 얘기는 인터넷에서나 봤지 내 주변에서 일어날 거라고는 상상도 안 했어."

"그 정도야?"

나는 조심스럽게 물었다. 그러자 '진짜 너 아는 게 없다.'라며 익숙한 독설을 날린다.

"거기는 원래 선행구역이야. 그래서 일반 티켓팅으로는 잡을 수 없는 번호인데 풀렸나 봐. 소속사가 실수했거나 아니면 오류가 있었겠지."

"미안한데, 선행이 뭐야?"

그렇지 않아도 어제 PC방에서 내 옆에 앉았던 언니도 '선행 티켓'이라는 말을 했던 게 기억이 났다.

"정식으로 티켓을 오픈하기 전에 공식 팬클럽을 대상으로 추첨을 하거나 팬클럽 회원만 먼저 티켓팅을 하게 해서 일부 구역을 미리 예매할 수 있게 해 주는 거야. 이번에 '선플라워'는 선행 티켓을 추첨 형식으로 하는 바람에 어제 정식으로 오픈한 티켓팅이 난리 났던 거고."

"추첨이면 티켓 번호가 복불복이겠구나."

"그래, 번호가 낮을수록 가까이에서 실물을 볼 수 있으니까 입장 번호에 목숨을 걸 수밖에 없어. 나도 이번 선행 티켓 응모에서는 깔끔하게 광탈했지."

들으면 들을수록 18번 티켓의 무게가 느껴졌다. 내 두 어깨에 귀신이 다리를 걸쳐 놓은 것마냥 오싹했다.

"물어보고 싶은 게 있는데."

그러던 중, 정지원이 내게 말한다.

"너는 그 티켓이 온전히 너의 것이라고 생각해?"

나는 열심히 뇌를 굴렸다. 잠시 후, 대답 대신 고개를 젓는 나를 보며 정지원은 길게 한숨을 내쉬었다.

"어제 너한테 별다른 연락이 없어서 실패했구나 여겼는데, 아침에 페북 보니까 소문이 퍼졌더라고. 니가 티켓팅이 대박이 났는데 엄청 비싸게 팔 예정이라고 말이야."

박창민, 이 강아지 같은 자식.

"나도 너를 잠깐 의심했지만, 상식적으로 이쪽 세계를 잘 모르는 애가 티켓을 고가에 팔겠다고 덤빌 거라고 생각하진 않았어."

엄청 논리적이구나.

"그럼 내가 그 티켓을 사는 것은 곤란할 것 같네."

"어?"

내가 지금 뭘 잘못 들은 것 같은데.

"티, 티켓을 안 산다고?"

이보시오, 그게 무슨 말입니까? 님 때문에 티켓팅을 했는데 안 사다니, 그건 무슨 개풀 뜯어먹는 소리야? 그럼 이 티켓을 나더러 어쩌라는 거야?

하지만 정지원은 팔짱을 끼고 운동장을 바라보며 냉정하게 말했다.

"티켓팅 알바는 내가 너에게 제의했는데, 그걸 다른 누군가가 개입해서 얻었다면 내가 사는 것도 온당한 일은 아니잖아."

"그치만…."

"거기다가 개입한 누군가가 최미… 아니, 어썸 빠순이라는 것도 마음에 걸려. 안 그래도 선플라워 팬덤과 어썸 팬덤은 같은 소속사지만 사이 더럽기로 유명한데, 조심 안 하면 신상이 털리기 딱 좋은 곳이 아이돌 덕질 세계야. 나라고 18번 티켓이 탐나지 않는 건 아니지만, 남들보다 좀 더 가까이 연예인 보겠다고 내 자존심까지 팔고 싶지는 않아."

나는 지원이가 신기했다. 누구보다 좋아하는 연예인을 보는 일인데 자존심을 얘기하다니.

"그렇다고 전부 다 그럴 거라는 오해는 하지 마. 세상에는 양심 따위 개나 줘 버리고 오로지 남들보다 앞에서 연예인 보는 일에 목숨 거는 인간들 천지니까."

"그렇구나."

"박창민 말이 맞아. 니가 잡은 그 티켓, 티켓 사이트나 트위터에만 올려도 최소 백 명은 달려들걸. 상상도 못할 정도의 돈을 부를 테고."

"…"

"도덕이라고 해 봤자 빠순이들 사이에서나 통하지 일반인한테는 그게 무슨 소용이야. 눈앞에서 연예인 보는 일에 목숨 걸어야 할 필요도 없고 돈 많이 벌면 좋겠지. 난 최미란하고 다르게 니가 티켓으로 장사한다고 해서 꼭 나쁘다 생각 안 해. 개야 원래 감성적인 애니까 그럴 수도 있지만."

나는 확신했다. 분명히 정지원과 최미란은 서로를 잘 아는 사이였다.

"니가 돈을 모아 둔 게 있다면 일단은 입금해서 티켓 받아 둬. 콘서트는 아직 한참 남았고, 그 전까지 맘만 먹으면 얼마든지 팔 수 있을 테니까."

때마침 점심시간의 종료를 알리는 종소리가 들려왔고 정지원은
자리에서 일어났다.

"암튼 티켓팅 해 줘서 고마워."

"네가 티켓 가져가는 것도 아닌데, 뭘. 이 티켓은 세 명 전부에게
권리가 있는 것 같아. 너 아니었으면 나는 티켓팅은 안 했을 거고,
미란이가 아니었으면 티켓은 날아갔을 거고."

나의 말에 정지원은 잠시 생각하더니 냉소적으로 웃으며 '그것도
그러네.'라고 읊조린다.

"그럼 티켓 비싸게 팔아서 3등분 하던지. 물론 그것도 네 자유지
만 말이야."

표정이나 말투가 전혀 농담 같지 않다. 정지원은 운동장을 가로
질러 학교 건물로 향했다. 그리고 나는 18번 티켓을 완벽하게 떠안
아 버렸다. 아주 잠깐 진짜로 박창민에게 말해서 티켓을 팔아 볼까
하는 생각도 했지만, 오늘 그놈이 내게 저지른 만행을 생각하면 말
하고 싶지도 않다. 그냥 조용히 입 씻고 말겠어.

미란이가 어제 말했던 '입덕'은 무엇일까. '그냥 좋아하게 되었다.'
정도로 해석하면 되려나. 하지만 살면서 무언가를 딱히 좋아해 본
경험이 없는 나에겐 낯선 이야기였다. 저렇게 무언가에 매달려 본
적도 없고, 열렬히 에너지를 쏟아 본 적도 없다.

저 아이들은, 정말로 열심히 사는 아이들이다.

입덕의 문턱에 있는 자를 위한 지침

그날 오후, 나는 졸지 않았다. 평소 점심을 먹고 나면 항상 기절하는 나였건만, 기적이 따로 없었다. 근처에 있는 은행에서 티켓의 가상 계좌로 입금을 했다. 오랫동안 묵혀 두고 아껴 쓰리라 다짐했던 비상금이 순식간에 사라지니 왠지 울컥해졌다. 1분도 안 되어 '티켓 예매가 완료되었습니다.' 하고 문자가 날아왔다. 남들이 다 갖고 싶어 한 18번 티켓은 완벽히 나의 것이 되었다. 없는 형편에 명품을 사는 기분이랄까. 우쭐한 마음은 드는데, 지갑은 텅 비었구나.

그렇게 했는데도 그림자가 길게 늘어질 때까지 찜찜한 기분이 가시질 않았다.

"니가 왜 이 시간에 집에 있냐?"

아무도 집에 없을 시간에 잘나신 동생이 떡하니 게임 중이었다. 학원에 있어야 할 동생은 과자를 찹찹 씹으며 대꾸한다.

"가기 싫어서."

와, 환장하겠네. 정말 단 한 번의 망설임도 없는 저 어여쁜 주둥이를 보며 나는 할 말을 잃었다. 젠장, 학생한테 최고의 권력은 결국 1부터 9까지의 숫자 놀음 중 오직 1이 찍힌 성적표구나. 동생은 체육을 제외한 모든 과목 1등급이었다. 동생의 아름다운 성적표는 항상 우리 집 식탁 위에 성스럽게 전시되어 있었다. 그러나, 카스트 제도로 따지면 쟤는 브라만이고 난 불가촉천민이었다. 나에게 학원 스킵이라니, 있을 수 없는 일이지. 오늘 학원 시간표가 7시부터 8시까지 영어고 8시부터 9시까지 언어니까…… 잠깐, 8시라고?

"8시?"

순간, 온몸에 전기가 짜릿하게 흘렀다. 오후 내내 찝찝했던 이유가 그제서야 떠올랐다. 티켓팅, 그놈의 티켓팅이 오늘도 있었다.

잠깐, 생각을 좀 해 보자. 심장마비 올 것 같은 기분을 오늘 또 느껴야 해? 미란이와는 친한 사이도 아닌데, 그냥 넘어가도 되지 않을까?

하지만 몇 번을 생각해도 결론은 같았다. '티켓팅 한 이유는 돈 때문인 거네?'라는 미란이의 말이 머릿속을 맴돈다. 엉겁결에 하게 된 티켓팅 때문에 '돈 밝히는 인간'으로 낙인찍히는 것은 사절이다.

나는 그런 인간이 아니다, 절대.

"안녕하세요, 고 2 류주연인데요. 제가 오늘 학원을 못 갈 것 같은데… 무슨 일이 있기는 한데 집안일은 아니고요. 부모님께 전화는 안 하셨으면 좋겠는데요."

　전화를 끊은 후, 이번에는 지갑도 확실히 챙겼다. 그리고 가방을 들고 밖으로 나섰다. 동생에게 학원에 갔다 오겠다고 말했지만 쳐다보지도 않는다. 망할 자식 같으니. 그래도 엄마에게 전해 주겠지.

　집에서 나오니 7시가 넘었다. 어제 갔던 PC방 앞에서 나는 몇 번을 망설였지만 굳게 결심하고서 건물로 들어섰다.

　어제 일하던 알바생이 컴퓨터를 하다가 들어서는 나를 흘끔 바라본다. 아, 꼼짝없이 이 사람에게 빠순이로 찍혔구나. 근데 뭐, 어차피 오늘까지만 올 텐데 상관없겠지 뭐. 난 뻔뻔하게 카드를 받아 들었다.

　구석에서 초조하게 포털사이트에서 이것저것 둘러보는데 익숙한 아우라의 사람들이 PC방으로 들어서고 있었다. 긴장된다, 떨린다, 오늘은 제발. '그들'이 속삭이는 말들이 들렸다.

　나와 같은 목표를 가지고서 이곳으로 모인 '그들'을 알아보는 눈이 생겨 버린 나는 초조해서 손톱을 질겅질겅 씹고 있었다. 혹시 오늘도 미란이가 오지 않을까 싶어 자꾸만 입구를 바라보다가 아직 연락처도 모른다는 사실을 깨닫고는 시내에게 카톡을 넣었다. 그리고 포털 사이트 검색창에 '티켓팅 하는 방법', '티켓팅 잘하는 방법', '티켓팅에 대해서 알려 주세요.' 등 현재 나의 마음을 대변하는 질문들을 검색했다.

- 콘서트 처음 가는데요, 예매 어렵나요?
- 네.

- 그럼 자리는 어디가 좋은가요?
- 이미 선점된 좌석이 아니라면 모든 곳이 좋습니다.

- 좌석 수는 남아 있는데 블록이 안 보여요.
- 예매 성공자의 온기가 남아 있는 자리입니다.

- 취켓팅[6]은 몇 시에요?
- 무통장 입금 기한이 지난 다음 날 새벽에 집중적으로 풀리지만 오직 카드 예매이기 때문에 가능성은 없다고 생각하세요.

검색 결과를 보며, 나는 마우스를 던질 뻔했다. 대체 이건 무슨 세계야. 긍정은 없고 죄다 부정밖에 없잖아. 무슨 대학 입시냐. 대학 가고 싶은데요, 입시 어렵나요. 이렇게 묻는 거랑 다를 게 뭐냐고.

나 행복하자고 하는 덕질도 이런 경쟁을 해야 하다니, 정말로 행복하냐. 정지원이든 최미란이든, 아니 여기 PC방에 있는 누구든 대답 좀 해 줄래.

6. 입금을 하지 않아 취소가 된 티켓을 대상으로 티켓을 오픈하는 것. 취소표 티켓팅의 줄임말이다.

손톱을 계속 뜯고 있으려니 문득 손가락이 아팠다. 시계를 보니 8시가 가까워져 오고 있었다. 내가 이틀이나 이런 짓을 하다니. 입덕인지 뭔지 내가 하나 보자. 나는 안 할 거다.

"어?"

분명히 어제처럼 인터넷 시계로 8시가 되려는 바로 그 순간에 예매하기 버튼을 눌렀는데 들어가지 않는다. '이용자가 많아 접속이 어렵습니다.'라는 메시지만 모니터에 둥둥 떠다닐 뿐이었다. 계속 새로 고침 버튼을 눌러 봐도 마찬가지였다.

아, 이것이 바로 광탈이군.

불과 1분도 채 지나지 않아 여기저기서 탄식이 터져 나왔다. 뒤쪽에 앉아 있던 여학생 무리 속 누군가가 '나 됐어!' 하며 고함을 지른다. 여전히 넘어가지 않는 사이트를 멍하니 바라보며 난 기계처럼 마우스 버튼을 눌렀다. 등줄기가 싸늘했다. 그리고 알 수 없는 분노가 치밀어 올랐다.

아니, 고작 티켓 한 장 잡겠다고 무시당하는 이런 기분을 내가 왜 느껴야 하냐고.

"끝났네."

어렵게 들어간 예매창에 남은 좌석은 없었다. 맥이 풀렸다. 10분이 지나자 전석 매진이라는 메시지가 떴다. 내가 이렇게 허탈한데 팬들은 어떤 마음일까.

힘없이 자리에서 일어나 다른 애들처럼 계산을 하고 나서는데,

한 무리만 '스탠딩이 좋을까, 2층이 좋을까.' 시끄럽게 들떠 있었다.

「너 어제부터 이상하다? 갑자기 최미란 연락처는 왜 물어?」

의문이 뚝뚝 떨어지는 시내의 카톡이 도착해 있었다. 나는 오늘 있었던 일을 마무리 지으려 한다고 대충 둘러대었다. 미란이는 전화를 받지 않았다. 아파트 단지 놀이터 그네에 앉아서 전화를 기다렸지만 30분이 지나도록 연락은 없었다. 학원을 마치면 집에 도착하는 시간인 9시 30분까지 놀이터에 서성거리다가 집으로 가기 위해 일어났다.

미란이에게 티켓팅을 성공하지 못해서 미안하다는 말과 내일 PC방 값은 꼭 갚겠다는 문자를 보내 놓았다. 할 수 있는 일은 다 했으니까 이제 불편한 마음 떠안고 있을 필요는 없겠지. 그렇게 스스로를 다독거리며 몹시 힘들었던 하루의 피로를 온몸에 매달고 집으로 향했다.

"어디 갔다가 와."

현관문을 들어서기 무섭게 가득 찬 냉랭한 공기가 숨을 조였다. 식탁에 앉아 초조하게 나를 바라보고 있는 동생의 얼굴이 먼저 보였다.

"어디 갔다가 오는 거냐고 묻고 있잖아."

그제야 '아차' 싶었다. 거실에는 나를 맹렬하게 쏘아보는 아빠가 있고, 그 옆에는 엄마가 심각한 표정을 하고 앉아 있다. 나는 이 상황이 나 때문이라고 직감했다. 그렇게 집에 연락하지 말라고 부탁했는데 학원에서 전화를 한 모양이었다. 울분을 속으로 삭이며 최대한 불쌍한 표정을 지었다.

"일이 좀 있어서…."

"무슨 일."

"… 말하긴 좀 뭣하고."

아이돌 콘서트 티켓팅 하러 다녀왔다는 소리는 죽어도 못하지.

"말도 못 할 일 때문에 학원을 빠져? 그래서 대학은 가겠냐?"

아빠와 대화를 해 봤자 스트레스 외에는 얻을 게 없다. 그래서 나는 학원 한 번 빠진 걸로 나라를 팔아먹은 대역 죄인 취급을 받아도 입을 꾹 닫아 버렸다. 그리고 몹시 죄스럽다는 것을 보이기 위해 고개를 주억거렸다.

하지만 구박의 강도가 심상치 않다. 엊그제 아침에 들려온 사촌 언니의 수시 합격 소식 때문이겠지. 이런 식으로 살아서 뭐가 되려고 그러냐, 너만 보면 한숨이 나온다, 대학은 갈 수 있겠냐. 고정적 레파토리를 기다리는데, 씩씩거리는 소리만 크게 들려올 뿐 말이 없었다. 침이 꼴깍 넘어간다.

"그 일이 뭐야."

"…."

"말을 안 하는 거냐, 못 하는 거냐. 공부도 못하면서 사춘기랍시고 반항이냐."

아빠의 신경 긁는 화법이 또 시작되었다. 점점 심해지는 말을 고스란히 온몸으로 받아 내며, 나는 서서히 성질이 꼬여 갔다. 나는 입을 더 굳게 다물었다. 그런 내 모습에 아빠는 화가 더 치미는지 드디어 가장 화가 날 때 쓰는 소재를 들이밀었다.

"니가 다니는 학원비가 얼마인지 아냐? 그 돈 벌려고 내가 회사에서 어떻게 사는지 알아?"

결국은 돈이었다. 그래, 알바 한 번 제대로 해 본 적 없는 내가 뭘 알겠냐만 돈 문제가 나에게 화살이 되어 떨어지는 게 점점 열 받고 서러웠다.

성적이 나쁘면 욕받이로 전락해도 된다는 건가.

"쟤도 안 갔어."

나는 차오르는 화를 억누르며 동생이 있는 방향으로 고갯짓을 했다. 졸지에 고자질쟁이가 되어 버렸지만 '너 때문에 돈 버느라 고생한다.'는 화살을 나만 받기에는 너무 억울했다. 동생은 어이없는 표정을 지었지만, 나만 죽을 수는 없었다. 하지만 아빠의 대답은 가관이었다.

"돈 처들이는 보람이 너한테는 손톱만큼도 없어, 알아들어?"

그 말을 듣는 순간, 내 머릿속의 무언가가 뚝 끊어졌다.

돈? 보람? 이건 뭐 자식이 부모의 보람을 느끼게 하는 볼모야? 내가 쟤보다 성적이 안 좋다는 이유로 이런 소리까지 듣고 있어야 해?

"그럼 학원을 보내지 마."

나는 독하게 아빠를 쏘아보았다. 내 목소리는 상상했던 것보다 훨씬 거칠어져 있었다. 몸살에 걸린 사람마냥 몸이 부들거리기 시작했다.

"과외도 시키지 마. 돈 처들이는 보람도 없다면서 손해를 왜 봐?"

분노는 좀처럼 가동되지 않았던 내 주둥이 모터를 빠르게 만들고 있었다. 아빠는 말문이 막힌 듯 두 눈만 부릅뜨고 있었다.

"그냥 포기하면 되잖아, 씨발!"

나를 욕보인 것은 아빠가 먼저다. 돈을 처들이니 어쩌니 하며 모욕을 했으니 이런 개소리 지껄여도 상관없어. 나도 고등교육을 받고 있는 인간이라, 이딴 소리는 도덕적이지 못하다는 건 알지만, 그래도 어쩌겠어.

내 마음을 표현하는 데 이보다 적합한 말은 없는데, 씨발.

아빠는 기가 막힌 듯이 거친 숨만 몰아쉬다가 엄마를 쳐다본다. 엄마는 아빠와 나의 눈치를 번갈아 보며 이 상황을 어떻게 해야 하나 당혹스러워 하고 있었다. 나는 왈칵 쏟아지려는 눈물을 애써 참았다. 두고 봐, 내가 미안하다는 소리 한마디라도 할 줄 알고.

나는 현관문으로 뒤돌아갔다. 운동화를 신으면서도 폭주하는 기관차 엔진처럼 심장이 쿵쿵 울렸다. 금방이라도 쓰러질 것 같이 어지러웠다. 그리고 현관문을 박차고 뛰어나왔다.

어른은 아이에게 화를 낼 수 있지만 아이는 어른에게 화를 내서는 안 된다니, 진짜 개소리다. 그럼 나이 어린 인간들은 다 짜증에 미쳐 죽어도 상관없다는 거냐. 그런 불합리한 게 도덕이라면 세상의 모든 도덕은 존재할 필요도 없어.

"짜증나, 짜증나아아아아아아앗!"

늦은 저녁의 기운이 짙게 깔려 있던 아파트 단지 사이로 나의 고함이 쩌렁 울려 퍼졌다. 늦은 퇴근길을 재촉하던 한 아저씨가 미친 사람 보는 듯한다. 나는 무작정 길을 걸었다. 지나가던 사람이 나한테 시비라도 걸어 주면 좋겠다. 그럼 맘껏 욕이라도 할 수 있을 텐데.

주머니에 핸드폰이 울렸다. 혹시 집에서 전화가 온 건가. 만약 아빠가 전화를 했다면 뭐라고 말해야 세게 보일까. 화면에는 저장되지 않은 번호가 띄워져 있었다.

「류주연? 너 전화했었네?」

전화를 걸어 보니 미란이었다. 아니, 얘는 웃긴 게 지 이름은 성을 붙여서 부르지 말라고 정색해 놓고 왜 내 이름은 성을 붙이고 부르는 거야. 그 모순적인 태도가 웃겨서 픽 웃어 버렸다.

"문자 본 거야? 아까 8시에 티켓팅 했는데, 오늘은 잘 안 되었…"

「야, 마침 잘됐다. 너 지금 어디야?」

오늘 티켓팅에 대해서 설명하려는데 불쑥 말을 자르고 다급하게 물었다.

"나 어제 우리 갔었던 PC방 근처에 있어. 그런데 왜?"

「그래? 그럼 거기서 딱 기다려! 금방 갈 테니까 나 좀 만나!」

거절 따위는 거절하겠다는 듯이 대답할 시간도 주지 않고 뚝 끊어 버린 기세에 나는 얼떨떨했다. 성격 한 번 골 때리는 아이로구만. 명령에 가까운 미란이의 말이었지만, 어디에도 갈 데 없는 신세였기에 오히려 잘됐다 싶었다. 버스정류장에 앉아 시간을 확인하니 10시가 넘어가고 있었다.

"야, 류주연!"

그때, 멀리서 누군가 내 이름을 크게 불렀다. 고개를 돌리자 핑크색 트레이닝복을 입은 미란이가 뛰어오고 있었다. 그 모습이 유치원생마냥 귀여웠다. 그 아이는 쏜살같이 뛰어와 내 어깨를 두 손으로 붙잡고 크게 몸을 들썩이며 숨을 몰아쉰다. 그 모습이 꽤나 긴박해 보여서 나 역시 순식간에 긴장 모드로 돌변했다.

"무, 무슨 일이야? 왜 그래?"

"너… 너 돈 있냐?"

가까스로 숨통이 트인 그 아이의 입에서 나오는 첫 마디에 눈이 휘둥그레졌다. 미란이는 답답하다는 듯이 발을 동동 구르기 시작했다.

"택시 타야 하는데 급하게 뛰쳐나와서 지갑을 두고 왔어! 돈 있으면 나 좀 빌려 줘!"

어제도 제법 늦은 시간에 택시를 타러 간다고 했던 것 같은데 또 뭔 일이래. 물어보고 싶었지만 너무 다급해 보여 나는 서둘러 지갑을 꺼냈다. 현금이 좀 있을 줄 알았는데 아까 PC방에서 지불하고 받은 잔돈 2000원이 전부였다.

"음, 도움이 안 될 것 같은데? 나 지금 2000원하고 교통카드밖에 없어."

그러자 미란이는 '교통카드?'라고 눈을 빛내더니 커다란 눈을 데 굴 굴리면서 계산을 하기 시작했다. 나는 왠지 불안했다.

"교통카드에 충전되어 있는 금액도 얼마 안 될걸."

"여기서 택시로 만 원 정도 나올 거야. 만 원은 충전되어 있어?"

"응, 아마도."

"됐어! 그럼 가자!"

뭐, 뭐라고. 애가 지금 나한테 뭐라고 말한 거니. 너무 당황해서 우물쭈물 하는 사이에 미란이는 내 손을 덥석 잡고 이끌었다.

"어디를 가자는 건데!"

미란이는 내 질문은 아랑곳 않고 택시를 잡으려 큰 길을 두리번 거렸다.

"미란아, 미란아! 기다려!"

갑자기 뒤에서 목소리 굵은 남자가 미란이를 애타게 부르는 소리 가 들렸다. 누구인지 돌아볼 겨를도 없었다. 미란이는 나를 다급하 게 잡아끌고 때마침 지나가던 택시를 향해 손을 들었다.

"기사님!"

택시의 뒷좌석 문을 열고는 다짜고짜 나를 밀어 넣었다. 나는 납 치를 당하다시피 택시에 올라탔고, 미란이는 자신도 택시에 올라타 며 나를 안으로 우겨 넣었다. 그러고는 뒷문을 세게 닫았다.

"기사님, 합정동이요."

합정이라고? 거기를 이 시간에 왜 가는데?

황당한 사건에 휘말려 택시에 실려진 나는 입을 다물지 못했다. 그때, 누군가가 우리가 탄 택시 창문을 두드리며 애타게 소리쳤다.

"미란아, 미란아. 차 문 좀 열어 봐."

우리 아빠보다 나이가 많은 아저씨였다. 전력 질주에 머리가 흐트러졌지만 단정한 스타일이었고 머리는 희끗했다. 그 아저씨는 미란이를 연이어 불렀다.

나는 내가 드라마에 주인공, 아니 조연으로 출연한 게 아닌가 착각이 들었다. 하지만 정작 주인공인 미란이는 유리창 너머로 자신을 부르는 그 아저씨는 쳐다도 보지 않은 채로 기사님에게 '출발해 주세요.'라고 말한다. 하지만 유리창을 연신 쿵쿵거리는 아저씨 때문에 기사님은 출발하기를 꺼리고 있었다. 상황이 이렇게 되자 미란이는 결심한 듯, 입술을 깨물더니 유리창을 살짝 내렸다.

"가 버려요."

"미란아, 이러지 말고 얘기 좀 하자."

"아저씨도 꼴 보기 싫어. 가라니까."

미란이의 목소리에는 가시가 돋혀 있었다. 아무 상관없는 사람이 들어도 불편한 말투였지만 아저씨는 미란이를 탓하기보다는 더욱 걱정스러운 얼굴로 창문에 가까이 다가왔다. 이마에서 땀이 줄줄 흐르고 있었다.

"엄마가 너를 사랑하지 않아서가 아니야."

"가라고 했잖아요. 엄마한테 나 진짜 열 받았다고 전하세요."

"너 돈도 없잖아. 이 늦은 시간에 돈도 없이 어딜 가니."

듣기만 해도 애절함이 뚝뚝 흐르는데 내가 더 안타까울 지경이었다. 하지만 그런 애처로운 표정 앞에서도 미란이는 으르렁거리며 날카롭게 소리쳤다.

"엄마가 그럴수록 나는 진짜 어썸 못 버린다구요!"

그 말을 내지른 미란이는 이내 입을 꾹 다문 채 고개를 숙인다. 지잉 하는 소리와 함께 유리창이 올라가기 시작했다. 미란이를 부르는 아저씨의 목소리는 웅웅거리며 작아졌다. 아무도 말을 하지 않는 고요한 차량 내부에서는 미란이의 울먹이는 소리만 들렸다.

"… 합정동으로 가 주세요."

잠시 후에, 미란이가 낮게 깔린 목소리로 말했다. 결국 택시는 천천히 움직이기 시작했다. 떠나는 택시를 안타깝게 쳐다보는 아저씨와 멀어지고 나서야 미란이는 길게 한숨을 내쉬었다.

황당하게 택시에 태워진 내가 상황에 대해서 설명해 달라고 말할 여지가 없을 정도로 택시 안 공기는 무거웠다. 오히려 미란이의 눈치를 보며 나는 가시방석에 앉은 것 같았다. 미란이 얘도 부모님과 다투고 집에서 나온 것일까. 궁금해 미칠 지경이었지만 먼저 말을 꺼내길 기다리는 수밖에 없었다.

얼마나 시간이 흘렀을까, 밖으로 한강이 보이자 미란이는 입을 열었다.

"진짜 엄마가 나를 너무 화나게 할 때, 제일 생각나는 게 뭔지 알아?"

나는 고개를 들었다. 뭔가 서러움을 참는 듯, 눈을 그렁거리면서 차창을 응시하고 있는 미란이는 다시 말을 이어 나갔다.

"어썸밖에 생각 안 나."

덕후다운 발언이었다. 하지만 그 말 밑에는 깊고 어두운 슬픔이 깔려 있었다.

"도망치고 싶을 때, 어썸을 보러 가. 나는 다른 방법은 잘 몰라. 엄마는 이런 마음을 절대 이해하지 못할 거야."

눈동자가 보이지 않아 표정을 읽을 수는 없었으나, 미세하게 떨리는 목소리로도 충분히 어떤 마음일지 짐작이 되었다. '도망'이라는 단어에는 나의 심장도 쿵 내려앉았다. 무슨 사연인지는 몰라도, 많이 아팠던 모양이다. 힘든 현실을 잊기 위해서 좋아하는 아이돌이 필요할 정도로 말이야.

나는 그제야 어제 편의점 앞에서 나누었던 미란이와 대화 속에 있었던 '입덕'이라는 말의 의미를 알았다. 덕후가 된다는 것은, 간절히 좋아하는 무언가가 생긴다는 것은, 힘든 현실에서 도망치는 방법이었다.

미란이는 굳게 입을 닫았다. 나도 굳이 말을 걸지 않았다. 그저 택시 밖으로 보이는 밤하늘을 응시했다. 여름에서 가을로 넘어가는 밤하늘은 유독 높아 보였다. 밤하늘에는 반짝이는 무언가가 있었다.

저것은 별일까, 아니면 인공위성일까.

왠지 인공위성이지 않을까. 사라지는 별이 그리워서 인간이 쏘아 올린 것 말이다. 그렇기 때문에, 내 마음이 서러운 거야. 그래서 어젯밤과 달리 오늘은 저 별을 보며 서럽고 마음이 먹먹해지는 거야.

입덕과 탈덕[7] 사이에 무엇이 있나

나는 덩그러니 있었다. 어디에 있었냐고 묻는다면, 외국인이 바글 거리는 도로였다. 나는 머리털 나고 이렇게 많은 외국인을 본 적이 없다. 내 앞에 서 있는 까무잡잡한 피부에 부리부리한 눈매를 가진 여자아이는 머리에 천을 두르고 있다. 세계 역사 교과서에서 보았 던 히잡을 쓴 외국인을 본 것도 놀라운데, 그 옆에는 하얀 피부에 금발을 가진 여자 둘이 열심히 블라블라 떠들었고, 내 뒤에는 주먹 보다 굵은 통굽 구두를 신은 일본인 여자 둘이 짧은 치마를 입은 채 캐리어를 의자 삼아 열심히 스마트폰을 본다. 여기저기 눈에 띄 는 여행 캐리어 때문에 이곳은 흡사 공항 같았다.

그들은 같은 건물을 올려다보고 있었다. 그 모습은 마치 신전 앞

---

7. 탈(脫)과 덕후가 결합한 인터넷 용어. 입덕의 반대 의미로 덕질을 더 이상 하지 않게 된다는 의미이다.

으로 집결한 신도들 같았다.

"너 여기 몰라?"

내 표정을 봐라. 이게 상황 파악이 되는 얼굴 같으냐. 나는 어서 빨리 설명을 해 달라는 눈망울로 고개를 돌렸다. 하지만, 미란이는 열심히 카톡만 했다.

가장 먼저 눈에 들어 온 건 외국인이지만, 점점 시야가 넓어지자 한국 사람도 많이 보였다. 주변 빌딩 계단에는 교복 입은 여자아이들이 앉아 있었고, 화장 짙게 한 여자들이 근처 도로에 차를 세우고서 걸어온다. 내 주변에 모인 사람만 대충 헤아려도 서른은 되었다.

"나 아까 도착했어. 휘영 확실히 오늘 회사에 나왔대?"

미란이의 목소리는 평소보다 상기되어 있었다. 핸드폰 너머의 누군가에게 말을 전해 들으며 연신 '응, 응' 하고 대답을 하더니 주변을 둘러본다.

"어, 홈마들도 몇 명 보여. 지금 회사에 있는 거 맞나 봐. 오늘 밤새야 할까?"

엄마, 무서워. 쟤가 무슨 소릴 하는 거야.

그때, 건물의 입구가 열렸다. 주변의 시선이 동시에 그곳으로 쏠렸고, 일순간 공기의 흐름도 멈추었다. 그 많은 사람들의 숨소리가 들리지 않았다. 나는 오소소 소름이 돋았다.

"뭐야, 누군데?"

"매니저 같은데요."

"선플라워 매니저 아니에요? 콘서트 때문에 출근했나 본데요?"

길고양이마냥, 사람들이 소곤거렸다. 그림자 하나가 입구에서 주차장으로 걸어갔다. 그리고 그림자는 차에 올라타더니 거리로 사라졌다. 그때까지도 주변에 흩어져 있던 여자들은 어둠과 한 몸이 된 것마냥 꼼짝도 하지 않았다. 이 시간에 여자들이 모여 있는 광경이 몹시 익숙한 듯 차량은 인파를 빠져나갔다.

차가 멀리 사라지고 나서야, 여자들은 집중하던 시선을 거두고 각자 핸드폰을 하거나 조용히 얘기를 나누었다.

"아, 방금 매니저 한 명이 회사에서 나왔어. 아니, 어썸 말고 선플라워 매니저. 나 오늘 밤샐 거니까 이따 부모님 잠들면 빠져나와."

미란이의 말에 나는 당황했다. 통화를 마친 미란이가 나와 눈이 마주치자 씨익 웃었다.

"쫄았냐? 밤샌다고 해서?"

"안 쫄았는데."

응, 사실은 쫄았다. 나한테 같이 밤새자고 할까 봐 엄청 무서웠다고.

"저 건물이 어썸하고 선플라워 소속사야."

"뭐어어?"

나도 모르게 목소리가 높아졌다.

"설마 얼굴 한 번 보겠다고 여기에 있는 거야?"

"얼굴 한 번이라니. 실물 영접이라고 불러."

어이가 없었다. 연예인이면 영접이라는 단어까지 써야 하는 거냐. 하지만 두 눈을 부릅뜬 이 아이에게 반박하기엔 내 심장은 너무 연약했다.

"요즘 어썸이 계속 일본에서 활동해서 회사에 없었거든. 오랜만에 얼굴 볼 수 있어."

미란이의 목소리에는 살랑거리는 바람이 불고 있었다. 학교에서는 저런 생기 넘치는 얼굴을 본 적이 없다.

"긴장 좀 풀어. 누가 보면 내가 너 납치한 줄 알겠어."

"아예 틀린 말은 아니잖아."

"아니지, 엄연히 택시비를 빌린 거지. 카드를 뺏을 수는 없으니까 너를 같이 태운 것뿐이야."

미란이의 당당한 태도에 말문이 막힌 내 곁으로 누군가가 다가왔다.

"안녕? 오늘도 보네?"

한 여자가 아이스 커피를 손에 들고서 미란이에게 인사를 했다. 나는 직장인처럼 보이는 여자가 미란이에게 아는 척을 하는 광경에 놀랐지만, 미란이는 아무렇지 않게 인사를 주고받았다.

"안녕하세요, 퇴근하고 오시는 거예요?"

"응, 화보 촬영하고 집에 갈 줄 알았는데 벤이 회사로 방향 틀었다고 해서 와 봤어."

"화보 완전체로 촬영한 거 맞죠? 휘영 오빠만 혼자 회사로 왔대요?"

"나머지 애들은 집으로 가거나 친구 모임 있는 것 같더라."

저런 어른과 당당하게 대화를 주고받는 미란이의 모습이 신선했다. 그 여자는 대화를 마치고 다시 어디론가 걸어갔다. 거기에는 비슷한 연령의 여자 몇몇이 모여 있었다.

"아는 사람이야?"

난 '대체 저런 어른을 어떻게 아냐?'라는 의미를 담아 물었다. 미란이는 그걸 알아차린 듯 대수롭게 여기지 않았다.

"어썸 따라다니면서 자주 마주친 언니야. 아마 휘영 팬 페이지 홈마일걸."

"홈마가 뭔데?"

미란이는 나지막이 한숨을 내쉬었다. 아니, 그래도 상황이 어떻게 돌아가고 있는지는 알아야 되지 않겠냐고. 속으로 투덜거리는 내게 미란이는 자신의 핸드폰을 내밀었다.

"여기 사진 밑에 로고 하나 보이지. 여기 팬 페이지를 관리하는 마스터야."

사진에는 금발로 염색한 세련된 외모의 아이돌이 마이크를 들고 있었다. 딱 봐도 엄청난 화질의 사진이라, 전문가의 작품이 분명했다. 포토샵으로 깔끔하게 다듬은 사진을 한참 바라보다가 나는 물었다.

"사진을 전공하신 분이야?"

"그건 아닐걸."

"전공자도 아닌데 이렇게 잘 찍어?"

"웬만한 기자보다 '대포 여신'들이 훨씬 잘 찍어."

대포 여신? 이번에는 미란이가 손가락을 들어 내 입술을 막아선다.

"너 핑프야? 검색 좀 해."

왜 난리야. 누가 날 여기 데려오랬나. 나는 빈정이 상했다. 참나, 치사해서 질문 안 한다. 근데 아무래도 이거는 물어봐야겠다.

"아까 니가 보여 준 사람이 어썸 리더야?"

이번 질문은 마음에 들었나 보다. '맞아, 잘생겼지.' 하며 미란이는 환하게 웃었다. 그 웃음은 진심이 가득했다.

"응, 멋지더라."

미란이는 나의 대답에 세상을 다 가진 듯 기뻐했다. 좋아하는 아이돌을 인정해 주었다고 저렇게 좋아하다니. 역시 나의 오빠는 너무 멋져. 그래서 너무 자랑스러워. 미란이의 광대는 승천하고 있었다. 택시에서 그리도 우울했던 아이가 이렇게 밝아질 수 있다는 게 신기했다.

아무리 슬프고 우울해도, 다 잊을 수 있을 정도로 행복한 거니?

"그럼, 그 어썸 리더를 보려고 이 사람들도 기다리는 거야?"

나는 무심코 물었다. 미란이는 '응' 하고 쿨하게 대꾸했다.

"그 사람이 여기에 있다는 건 어떻게 알아?"

이어진 내 질문에, 미란이는 대답이 없었다. 미란이는 소속사 건물만 빤히 바라보았다. 난 더 묻지 않았다.

나는 이제 집으로 가려면 어떻게 해야 할지 고민했다. 아니, 내가 집으로 다시 들어가도 괜찮은지 그것부터 고민을 했다. 늦더라도 내 발로 들어가는 게 맞나. 아니면 자존심 회복을 위해 먼저 전화가 올 때까지 기다려야 하나.

그때, 어디선가 웅성거리는 소리가 들렸다. 사람들의 시선을 따라 나도 미어캣마냥 고개를 치켜들었다. 소속사 건물 입구가 열리고 앳되어 보이는 남자애 둘이 걸어 나왔다. 그러자 외국인들이 격하게 동요했다.

"승현아, 오늘도 연습하느라 수고했어."

"오빠, 배 안 고파요? 야식 먹으러 가요, 내가 치킨 사 줄게요."

두 남자애가 거리로 나오자, 기다렸다는 듯 대기하고 있던 여자 중 서너 명이 따라붙었다. 나보다 어려 보이는 여자애부터 대학생 이상으로 보이는 여자까지 있었다. 다정하게 이름을 부르며 걸음을 맞춰 걷는 여자들은 이것저것 질문을 하는 것 같았다.

"쟤들은 연습생이야."

미란이의 설명에, 나는 깜짝 놀랐다.

"어? 연예인이 아니고? 그런데 벌써 팬이 있어?"

우리 주변에서는 몰래 사진을 찍은 외국인들이 자신들끼리 폰을 들여다보며 꺅 소리를 지르고 있었다.

"데뷔를 하면 상상도 못할 정도로 많은 사람들이 쟤들의 팬이 될

거 아냐."

"응."

"근데 나는, 그 사람들은 절대 모르는 과거를 알고 있거든. 스타가 되기 전의 모습도 알고 있고 말이야. 사진 몇 장 찍어 놨다가 나중에 쟤들이 유명해지고 나서 공개하면 다른 팬들이 날 얼마나 부러워하겠냐."

그런가. 난 잘 모르겠는데. 식민지의 원주민이 되어 새로운 문물을 접하는 것처럼 무진장 혼란스럽다.

"그래서 원래는 같은 소속사 선배 팬이었는데, 자연스럽게 데뷔 앞둔 연습생 팬으로 갈아타는 경우도 있어."

"…"

"너 좀 피곤해 보인다?"

그래, 알아 줘서 고맙구나. 실제로 내 몸뚱아리는 단것을 내놓으라며 시위 중이었다. 나는 지친 몸을 이끌고 근처 편의점으로 갔다. 일렬로 진열된 음료들 중에서 가장 달아 보이는 초코 우유를 들고 계산대로 향했다.

"어, 버스표 취소했다. 휘영 오빠 얼굴 한 번만 보고 갈라고. 어제 숙소 근처에서 죽치고 있었는데 전혀 못 봤다."

내 앞에 줄 서 있던 여자가 전화를 하고 있었다. 그 여자의 캐리어는 엄청나게 컸다. 나는 씁쓸해졌다. 이 여자는 여기에 얼마나 오래 있었을까.

"니 울 엄마한테 절대 말하면 안 된다. 이번에도 들키면 나 진짜 죽는다. 밥 같은 소리 하네. 돈 없어서 찜질방에서 자는 것도 지겨워 죽겠는데."

그 여자는 핸드폰 너머의 누군가에게 하소연을 거듭하다가 자신이 계산할 차례가 다가오자 힘겹게 캐리어를 밀며 들고 있던 물과 삼각 김밥을 계산했다. 많이 힘들어 보이는데, 그래도 저 여자 역시 미란이와 똑같은 대답을 하려나.

"난 갈래."

숨만 쉬어도 단내가 폴폴 났다. 미란이는 열심히 핸드폰을 하다가 돌아본다.

"진짜 가? 여기까지 왔는데 휘영 오빠 얼굴은 보고 가."

"나 입덕인지 뭔지 안 했거든. 내가 왜 그 사람을 봐야 하나?"

"한 번 보고 나면 사랑에 빠질 수도 있잖아."

헐, 애 지금 뭐라는 거야. 나는 몹시 당황했지만 미란이는 눈 하나 깜짝하지 않았다.

"왜?"

미란이가 고개를 갸웃거린다. 흠, 사랑. 그래, 그렇구나. 하지만 난 그게 무슨 단어인지 잘 몰라. 허허, 그냥 웃고 말지. 나는 미란이에게 다시 인사를 하고, 그 자리에서 벗어나려고 사람들 사이로 몸을 구겨 넣었다.

"뭐? 에리카가 회사로 온다고?"

그때, 미란이가 전화를 받았다. 그러자 앞에 서 있던 여자 두 명이 고개를 돌렸다.

"에리카가 와요?"

"방금 트위터에 떴대요."

미란이의 대답은 급속도로 주변으로 퍼져 나갔다. 사람들은 수군 거리며 일제히 핸드폰을 꺼내 들었다.

"에리카? 선플라워?"

무리에 섞여 있던 피부색이 짙은 외국인이 나를 붙잡으며 물었고, 나는 식은땀이 절로 났다. 사람들은 아이돌을 영접할 수 있다는 기대감에 둘러싸였다. 결국, 나는 미란이에게 되돌아갈 수밖에 없었다.

"저기, 에리카가 누구야?"

미란이는 열심히 트위터를 살피다가 고개를 들더니 씨익 웃는다. 나는 그 웃음에 몹시 민망해졌다.

"선플라워 멤버잖아. 인기 제일 많은 멤버 중 하나야."

어제부터 나를 못살게 하는 그 '선플라워'구나. 아까 나에게 질문했던 외국인은 옆에서 미란이 얘기를 유심히 듣다가 선플라워라는 단어에 탄성을 내질렀다.

그때, 멀리서 자동차 불빛이 보였다. 한 택시였다. 택시의 뒷문이 열렸을 때, 나는 내 두 눈을 의심했다. 사복 차림이 낯설었지만 택시에서 내리자마자 주변을 훑는 날카로운 눈매는 내가 아는 누군가가 분명했다.

"… 저, 정지원?"

너무 놀라 목소리가 잠겨 버렸다. 하지만 미란이는 조금도 놀라지 않았다.

"류주연? 니가 왜 여기에 있냐?"

이게 무슨 아닌 밤중의 홍두깨야. 순간, 나는 머리가 굳어 버렸다. 정지원은 벙쩌 있는 나의 옆을 바라보더니 '흐응' 하고 낮은 콧소리를 냈다. 그러고는 특유의 냉랭한 말투로 물었다.

"너 언제부터 어썸 사생이 됐냐?"

사생? 내가? 조용히 상황을 지켜보던 미란이가 나지막이 대꾸했다.

"누가 누구더러 사생이래. 선플라워 사생이."

역시, 이 둘은 그냥 '같은 학교를 다니는 사이'가 아니었다.

*

택시에서는 지원이 뒤로 몇몇이 더 내렸다. 대학생으로 보이는 남자 둘과 중학생으로 보이는 여자아이였다.

"와, 나 진짜 사고 나는 줄 알았어."

남자 중 하나가 호들갑을 떨자, 여자아이가 맞장구를 쳤다.

"택시가 그렇게 벤하고 바짝 붙어서 달릴 줄은 몰랐죠, 뭐. 그 기사 아저씨 운전 진짜 잘하더라고요."

"에리카도 놀라서 잠깐 내다보는 것 같던데? 맞지?"

여자아이는 남자들과 거리낌이 없었다. 무용담을 늘어놓는 것마냥, 신이 나서 큰 소리로 대화를 나누는 바람에 나는 의도치 않게 그들의 대화를 전부 듣고 있었다. 하지만, 그 내용을 전혀 이해할 수 없었다.

"아직도 사생 택시 타냐?"

미란이가 쏘아붙였다. 정지원은 바로 되받아쳤다.

"아직도? 내가 사생 택시나 타는 짬밥이냐? 너야말로 아무것도 모르는 애 데리고 뭐 하는 건데? 사생 수업이라도 하나 보지?"

"난 택시비 빌려 준 거야."

내가 대답하자, 정지원도 어깨를 으쓱거리며 대답했다.

"나도 택시비 빌려준 거야. 사생 택시라는 얘기는 못 듣고 빌려준 거지만."

그리고 택시 일행을 싸늘하게 노려보았다. 지원이의 말을 들었는지, 중학생 여자아이가 한껏 미안한 얼굴로 거들었다.

"지원 언니, 미안해. 헤어숍 앞에서 기다리다가 촬영장 따라가려고 했거든. 근데, 생각보다 일찍 출발해서 택시 안 타면 못 쫓아갈 것 같았어."

'꼭 택시비 갚을게.'라며 애교를 부린다. 나는 그 모습이 이상하게 섬뜩했다. 지원이는 걔가 애교를 부리거나 말거나 잘라 말했다.

"내 통장으로 정확히 40만 원 넣어."

"40만 원? 25만 원만 주면 되는 거 아냐? 4분의 1이니까 한 사람당 25만 원이잖아."

"속아서 택시에 탄 것도 모자라서 택시비까지 냈는데, 당연히 내 돈도 니가 내야지. 50만 원을 다 받지 않은 걸 고맙게 여겨."

나는 얘들 입에서 나오는 액수에 기가 질렸다. 설마, 그 엄청난 돈이 다 택시비라는 거냐. 그러자, 여자애가 택시 일행을 돌아본다.

"야, 무슨 어린애한테 돈을 받으려고 해. 솔직히 너도 에리카 가까이에서 본 거 맞잖아."

남자 중 하나가 지원이에게 반문한다. 거기에 지원이는 오히려 더 크게 비웃었다.

"말은 똑바로 하지 그래요. 택시 덕분이 아니라 내 덕분이잖아요. 나랑 같이 있으면 에리카가 아는 척해 주니까. 어린애가 돈 내는 게 불쌍하면 그쪽들이 대신 내든가요."

남자들은 입을 꾹 다물었고, 지원이는 여자애를 콕 집어 말한다.

"그리고 너, 사생하려면 돈부터 들고 다녀. 돈이 없으면 택시를 타지 말고 니 몸으로 직접 뛰어."

지원이의 지적에 그 아이는 입술을 자근 깨물었다. 그러고는 사람들 사이로 몸을 숨겼다. 지원이는 화를 삭이는 듯, 길게 숨을 내쉬었다.

"왜 그랬을까?"

잠시 후, 내가 조그맣게 물었다. 많은 것이 생략된 질문이었지만 미란이와 지원이는 알아들은 모양이었다.

"돈은 없지만, 남들처럼 하고 싶었나 보지."

미란이가 먼저 대답했다.

"남들처럼 하려면 택시를 타야 돼?"

이어진 질문에 미란이는 대답이 없었다. 지원이가 대신 답했다.

"차가 없잖아. 벤을 따라가려면 차가 필요하니까 택시를 타야지."

"아아, 그렇게 따라다니니까 어디로 이동하는지 알 수 있구나."

나는 손뼉을 쳤다. 그러다 부끄러워 얼른 고개를 숙였다.

"택시 타고 쫓아다니는 사람들이 트위터로 상황을 알리는 거야?"

내가 소곤거리며 다시 묻자 지원이는 한숨을 쉬며 말했다.

"너, 계속 여기 있을 거야?"

그 말에 나는 당황해서 '어?' 하고 되물었고 지원이는 눈살을 찌푸렸다.

"여기에 계속 있든 말든, 그건 얘 맘이지. 니가 뭔데 간섭이야?"

"티켓팅이 뭔지도 모르는 머글이 여기에 있어 봤자 뭘 하는데?"

미란이가 나서서 다그치자 지원이도 지지 않고 되받아쳤다.

"머글이었다가 덕후가 될 수도 있잖아. 오늘부터 좋아하게 될지 누가 알아."

"어썸 영업하는 건 니 맘인데, 여기까지 데리고 온 건 경우가 아니지."

학교와 차원이 다른 혈전에 식은땀이 났다. 아까부터 더 많은 사람이 모이고 있었고, 그 이목이 여기로 집중될까 겁이 났다.

"야, 야. 둘 다 진정해. 난 괜찮아."

난 두 사람을 말려 보려 했고, 그런 나를 미란이가 신경질적으로 돌아보았다.

"정지원이 지금 네가 걱정이 돼서 그러는 줄 알아?"

"어?"

"네가 소문낼까 겁이 나는 거지. '3반 정지원이 사생 뛰는 거 봤다.'고 말이야."

순간, 미란이의 말에 등골이 오싹했다. 지원이는 부정하지 않고 퉁명스럽게 미란이를 쳐다봤다.

"어차피 나야 학교에서 찍힌 몸이지만, 쟤는 아니잖아. 모범생 정지원의 다른 모습이 학교에 알려질까 봐 그러는 거라고."

또 다른 모습이라. 하긴, 3반 정지원이 아이돌 사생이라는 소문이 나면 이슈긴 하겠네. 지원이와 눈이 마주쳤지만 피하지는 않았다.

"너도 내가 이상해?"

'어떤 정지원'이 이상하냐고 묻는 걸까. 우등생 정지원과 아이돌 사생인 정지원 중에서 어느 쪽이 이상하다는 걸까.

나는 대답하지 않았다. 이러쿵저러쿵 말을 하기엔 어떤 지원이도 잘 모르니까 제대로 알지도 못하면서 '너희들은 이상해.'라고 할 수는 없었다.

"마실래?"

나는 반쯤 남은 초코 우유를 주머니에서 꺼내 지원이에게 내밀었다. 지원이는 떨떠름한 표정으로 나를 바라보다 우유를 받아 들었다. 그리고 한 모금 마시고는, 또 한 모금 더 마셨다.

"야, 나는 왜 안 줘."

옆에서 볼멘소리가 들렸다. 나는 지원이가 건네는 우유를 받아 볼멘소리 주인공에게 건넸다.

"너 다 마셔."

미란이는 우유를 홀짝였다. 우리 세 사람으로 인해 비워진 초코 우유는 빈 껍질만 남았다. 그 사이에도, 우리는 아무 말이 없었다.

미란이는 쓰레기통으로 걸어갔고, 지원이는 핸드폰을 꺼냈다. 핸드폰에는 부재중 메시지가 수두룩하게 떠 있었다. 하지만 지원이는 메시지를 모두 지워 버렸다.

"전화 안 해?"

"됐어. 어차피 전화 안 받았으니까, 문은 잠겨 있을 거야."

"뭐? 그럼 어떡하려고?"

"동생한테 새벽에 일어나서 문 열어 놓으라고 하면 돼."

얘도 복잡한 사정이 있나 보다. 지원이는 내가 있는 방향으로 고개를 돌리다가, 무언가를 발견하고서 빤히 바라보았다. 나는 그 시선을 따라갔다. 그곳에는 덩치 큰 남자 세 명이 모여 있었다. 야구 잠바를 맞춰 입고서 길 끝에 서서 담배를 피우고 있었다. 야구잠바의 뒷면에는 '418'이라는 숫자가 크게 새겨져 있었고, 사진을 끼운 배지를 주렁주렁 달고 있었다.

"저 남자들 에리카 악질 사생 아냐?"

어느새 미란이가 다가오며 말했다.

"그게께, 저것들이 벤에서 에리카 가방 훔치다가 매니저한테 걸려서 도망갔어."

이번에도 놀라는 건 나뿐이었다. 오히려 미란이는 대수롭지 않게 물었다.

"어디서?"

"식당 주차장."

이건 또 뭔 소리야. 이젠 머리에 쥐가 날 지경이다. 혼란의 소용돌이에서 허우적거리는 나를 향해 지원이가 말했다.

"모르는 게 약이야."

그러자, 이번에는 미란이가 내 어깨를 툭 친다.

"너무 궁금하면 병난다."

한 명은 선을 그어 버리고, 다른 한 명은 선을 건너오라고 손짓한다. 지원이는 눈을 부라리며 경고했지만 미란이는 전혀 개의치 않았다. 도리어 나의 상황을 은근히 즐기고 있었다.

"대체 왜 그러는 거야?"

나는 미란이의 손짓을 받았다.

"간단하게 설명하자면, 새우 주제에 관종[8]짓을 한 거야."

근데, 내 물음에 대답한 사람은 지원이었다.

"새우 한 마리가 있었는데, 어부가 자신을 알아봐 주지 않으니까 직접 어부의 배로 갔어. 근데, 배에 갔더니 자신과 똑같은 처지의 수백의, 아니, 수천의 새우가 그물에서 파닥이고 있었던 거지. 아, 어차피 나는 얘들과 똑같은 새우젓이나 되겠구나. 이 생각이 들어서 새우는 죽을힘을 다해 어부의 발밑으로 뛰쳐나갔어. 그리고 그 새우는 혼자서 어부의 신발 브랜드가 뭔지 알았대."

"에? 브랜드?"

새우에서 갑자기 신발 브랜드로 점프하는 이 이야기의 흐름은 또 뭐냐.

"새우젓이나 되는 운명을 가진 새우 중에서, 어부의 신발 브랜드를 아는 유일한 새우가 된 거야. 우월감에 기분이 쩔었어. 자기가 특별한 새우가 된 기분이었으니까."

하찮은 언어영역 실력으로 지원이의 말을 이해하려는 중에 '특별한'이라는 단어가 나의 귀에 꽂혔다. '특별한 새우'란 말이지. 특별한 새우, 특별한 사람, 특별한 경험. 아무리 생각해도, '특별하다'의 정확한 뜻을 파악하기 힘들었다. 뭐가 어떻게 달라야 특별해지는 걸까.

"그럼, 너희는?"

---

8. 관심 종자의 줄임말. 관심을 받길 원하는 사람을 폄하하는 단어이다.

두 사람이 나를 바라보았다.

"너희도 특별해지고 싶어서 여기에 있는 거야?"

둘은 약속이라도 한 듯 동작을 멈추었다. 둘은 말이 없었다. 나는 민망해져 얼굴을 붉적였다. 괜한 질문을 한 건가 싶어 멋쩍게 핸드폰을 켰다. 11시였다. 이대로 있다가는 막차고 뭐고 전부 놓쳐서 진짜 가출을 할 판이었다.

그때였다. 주변 공기가 갑자기 뒤숭숭해졌다. 사람들이 웅성거리며 어딘가를 바라보았다. 그리고 지원이가 갑자기 빠르게 사람들 사이로 사라졌다.

"꺄아아아!"

내 앞에 서 있던 백인 여자가 비명을 질렀다. 커다란 차가 골목으로 들어서고 있었다. 사람들은 크게 웅성거렸고, 뭐가 뭔지 모르는 나도 그 웅성거림에 동요되어 갑자기 가슴이 뛰었다.

한국말과 외국 말이 뒤섞이고 사방에서 스마트폰이 모두 주차장으로 들어서는 커다란 차를 찍고 있었다.

"언니, 안녕하세요! 오늘도 너무 예뻐요!"

차 문이 열리기 무섭게 누군가가 소리를 쳤다. 모두가 한 사람에게 집중을 했다. 그 에너지는 실로 굉장했다.

"안 피곤해요? 회사는 왜 왔어요?"

"콘서트 솔로 무대 준비하세요?"

여기저기 외치는 소리로 가득했다. 차에서 두 명이 내리더니 대기하는 사람들을 뒤로 물러나게 했다. 그러자 내 앞에서 까치발을 들고 바라보던 외국인들이 '꺄악' 하고 비명을 내질렀다. 나도 덩달아서 까치발을 세웠다. 이미 앞에 즐비한 뒤통수에 가려 제대로 바라볼 수가 없었다. 사람들의 어깨와 머리 사이로 차에서 '누군가'가 내리려 하고 있었다. 외국인들이 '에리카!'를 외쳤다.

"언니, 지금 내리지 마세요!"

낯익은 목소리가 주변 공기를 갈랐다. 여기에 모인 사람들이 저 거대한 차에게 보내는 관심을 분산시킬 정도의 힘이 있었다. 나는 목소리의 주인공이 누구인지를 알아차리고 입을 다물지 못했다.

"야, 이쪽으로 와."

미란이는 내 팔을 붙잡고 사람들을 헤치며 뒤쪽으로 향했다. 편의점에서 짐을 나를 때 쓰이는 플라스틱 상자를 바닥에 엎어 놓고서 미란이는 나를 끌어당겼고, 남들보다 머리 하나는 더 높은 위치에서 상황을 파악할 수 있었다.

커다란 검정 밴의 문이 열려 있고, 그 앞으로 다섯 발자국 떨어진 거리에서 여자와 남자 둘이 구경하려는 사람들을 막아서고 있었다. 어둠 속에서 반짝이는 스마트폰 액정들이 한데 어우러져 있으니 마치 하늘에 떠 있는 은하수 같았다.

"언니 지금 내리게 하면 안 된다고요! 정말 일 이렇게밖에 못 해요?"

선봉에 선 잔다르크가 이랬을까. 지원이는 상황을 통제하기 위해 사력을 다하고 있었다. 지원이는 차에서 미리 내려 사람들을 막고 있는 매니저로 보이는 여자에게 소리치고 있었다.

"지, 지원이 왜 저러는 거야?"

미란이는 대답 대신 어느새 자신의 폰을 꺼내서 촬영을 하고 있었다. 저런 어른을 상대로 목소리를 높이는 지원이도 놀랍지만, 그런 지원이를 아무도 제지하지 않는 게 더 놀라웠다.

"저 사람들 도촬하잖아요. 언니 따라다니면서 일부러 이상한 각도에서 사진 찍고 익명 사이트에 뿌리는 거 아직도 몰라요?"

지원이는 그 말과 함께 어딘가를 가리켰다. 그곳에는 아까 나도 보았던 야구잠바 입은 일당들이 있었다. 그중 한 명이 정말 촬영하다가 지원이의 말에 얼른 디카를 감추고, 그 옆에 있던 남자가 지원이를 향해 험한 욕을 던졌다. 나는 등골이 오싹했다. 하지만 지원이는 눈 하나 깜짝하지 않았다.

"언니 치마 입었으니까 이거 두르고 나오라 해요. 다음부터는 이런 준비는 직접 하라고요, 제발."

지원이의 손에 들린 것은 무릎 담요였다. 한참 어린 지원이에게 잔소리 폭탄을 들은 여자는 불쾌한 표정을 지었다.

"야, 물러나. 비켜. 비키라고 했다."

그러자 그 여자와 같이 사람들을 막고 있던 남자가 과격한 말과 함께 사람들을 밀친다. 거기에 지원이도 함께 뒤로 밀려나기 시작했다.

"저 여자랑 남자는 누구야?"

"선플라워 매니저."

미란이는 촬영하던 폰을 내려놓으며 대답했다. 나는 거기에 더욱 경악을 금치 못했다.

"정지원이 왜 저러는지 이해는 가. 저 여자 정말 일을 못하거든."

미란이가 일을 못한다고 칭한 여자 매니저는 무릎 담요를 전해줄 생각은 눈꼽만큼도 없어 보였고, 도리어 지원이를 귀찮게 쳐다보고 있었다. 남자 매니저가 사람들을 더욱 거칠게 물러 세웠고, 그 바람에 앞줄에 있던 사람들이 비명을 질렀다. 나는 겁이 덜컥 났고, 지원이가 뒤로 밀리며 공중으로 팔을 휘둘렀다. 돌돌 말려진 담요가 바람을 가르며 날아가더니 문이 열린 벤의 계단에 착지했다. 우리와 같이 편의점 앞에 서서 그 광경을 바라보고 있던 사람들이 '우와' 하고 탄성을 내질렀다. 그리고 얼마나 시간이 지났을까, 벤의 내부에서 흐릿한 그림자가 움직였다.

"와, 에리카가 받았어!"

"대박이다!"

주변에서 감탄사가 쏟아졌다. 에리카가 차에서 내리며 지원이가 던진 담요를 주워 들었다. 에리카는 하얀 모자를 깊게 눌러쓰고 있었다. 다시 비명이 터졌다. '에리카'부터 '언니'까지 호칭도 다양했다. 그녀는 아무 반응 없이 회사 건물로 들어갔다. 손에는 지원이의 담요가 들려 있었다.

"언니, 다음에는 꼭 두르고 내리세요!"

지원이는 끝까지 에리카에게 외쳤다. 에리카를 따라 매니저들이 건물로 들어갔다. 사람들은 우르르 고개를 내밀어 점점 닫히는 문을 바라보았다. 문이 완전히 닫히자 사람들은 웅성거리며 주변으로 흩어졌다. 미란이는 사람들 사이로 걸어 내려갔고, 나도 뒤를 따라갔다.

우리가 다가갔을 때, 지원이는 중학생 여자애와 이야기를 하고 있었다. 그 아이는 '언니, 정말 대단하다.', '에리카가 언니 얼굴을 진짜 알고 있나 봐요.'라며 호들갑을 떨었다.

"나도 언니처럼 될래요."

그 말에 지원이는 냉소적인 코웃음을 쳤다.

"너 아까 그 남자들하고 자주 붙어 다니지."

지원이의 말에 그 애는 능글맞게 '아뇨오?'라고 말을 길게 늘어뜨리며 부정했다.

"돈 없으면 그 남자들한테 정보 주고 같이 택시타고 다니잖아."

지원이의 말에 그 애의 얼굴에서 웃음기가 단번에 사라졌다.

"니가 팬이면, 에리카를 그 따위로 찍어서 유포하는 애들한테 택시비를 구걸하면 안 되지."

자신보다 나이가 많든 적든 가리지 않고 팩폭을 날리는 지원이는 실로 대단했다. 그러자, 중학생 여자애가 갑자기 정색했다.

"그래 봤자 언니도 일개 '사수니'일 뿐이잖아요."

그 말에 지원이도 얼굴이 굳어졌다.

"어차피 언니가 없어도 그 자리 대신할 사수니는 많아요. 언니가 진짜 특별한 사람이라서 에리카가 알아주는 것도 아니잖아요. 그리고 돈 좀 있다고 사람 무시하지 마세요."

여기에 모인 애들은 어쩜 하나같이 기가 저렇게 세냐. 그런데 왠지 지원이가 이상했다. 평소였으면 그 말을 듣자마자 눈에서 불을 뿜으며 현란한 말솜씨로 맞받아쳤을 법한데, 지금은 묵묵부답이었다.

"넌 정지원처럼은 안 되겠다."

미란이었다. 여자애는 어리둥절했는지 자신을 가리키며 '나요?'라고 되물었다.

"정지원이 한 말이 아니꼽냐? 사생 뛰면서 멘탈 박살날 일이 얼마나 많은데 겨우 그런 유리 멘탈로 무슨 사생을 뛰어? 넌 정지원처럼 매니저하고 맞짱 뜰 수 있어? 떡고물 좀 얻어 볼까 하고 아부나 떠는 건 아니고?"

미란이는 맹렬하게 쏘아붙였고, 여자애는 당황스러워 어쩔 줄 몰라 하면서도 '누군데 나한테 이래요!'라며 항변한다. 거기에 미란이는 비웃음을 날렸다.

"어썸 사수다. 그리고 돈 없으면 사수니 못 하는 거 맞거든? 여기저기 거지마냥 빌붙지 말고 알바라도 뛰지 그래? 아아, 아직 중딩이라서 알바는 못 하나? 어?"

미란이는 두 눈을 부릅뜨며 목소리를 높이더니 그 애에게 성큼 다가섰다. 미란이에게 잔뜩 겁을 먹은 여자애는 다시 어딘가로 쪼르르 도망을 쳤다. 그 뒷모습에 대고 미란이는 '쯧, 까불고 있어.'라며 멋드러진 대사를 날렸다.

"뭘 봐? 겨우 그런 말에 현타 왔냐?"

미란이는 자신을 물끄러미 바라보는 지원이를 향해 핀잔을 날렸다. 나는 지원이가 걱정돼서 다가가 어깨를 잡았다.

"괜찮아?"

잠시 후, 지원이가 고개를 끄덕인다. 그러고는 미란이를 바라보았다.

"나 들으라고 한 말이지."

"그렇다면 뭐, 할 말 있냐."

미란이는 냉소적으로 맞받아쳤고, 지원이는 다시 말이 없었다. 나는 옆에서 잠자코 있었다. 잠시 후, 지원이는 자신의 백팩을 정리했다.

"더 안 기다려?"

아직도 팬들이 득실거렸다.

"2반도 국어 수행평가 내일까지 제출하는 걸로 아는데."

헉, 맞다. 옆 반의 우등생이 나에게 점잖게 충고하는 말에 나는 몸을 떨었다. 완전 까맣게 잊고 있었어. 내가 어제부터 오늘까지 그놈의 티켓팅 때문에 정신줄을 놨구나. 지원이는 백팩을 등에 메고는 나를 물끄러미 바라보았다. 나는 그 시선의 의미를 알아차렸다.

"말 안 해."

"알아, 너한테 인사를 해야 하나 고민했을 뿐이야."

지원이는 미란이를 흘끗 쳐다보다 이내 사람들 틈으로 사라졌다.

"재수 없어, 증말."

미란이가 투덜거렸다. 나는 왠지 지원이의 뒷모습에서 눈을 뗄 수가 없었다.

"과제 안 했나 보지. 성적에 신경 많이 쓰던데."

나의 말에 미란이는 입꼬리를 삐죽이며 비웃음을 날렸다.

"저 독한 기집애가 그 수행평가를 아직도 안 했을 것 같냐?"

하긴. 과제 때문에 허둥거리는 건 내 얘기지.

"사람 바보 만드는 거야. 내일까지 제출해야 하는 과제도 하지 않은 것들이 여기에 있다고 빈정거리는 거라고."

나도 모르게 긴 한숨이 나왔다. 나는 미란이의 뒤로 빼곡하게 서 있는 사람들을 바라보았다. 쾌감과 기다리길 잘했다는 보람이 뒤섞인 얼굴을 하고 있었다. 미란이의 반짝이는 두 눈도, 저 높고 화려한 건물에 꽂혀 있었다.

"행복해?"

미란이는 잠시 고개를 갸웃거렸지만 이내 또렷하게 말했다.

"당연하지. 어썸을 보러 오면 온몸의 세포가 막 살아 움직이는 느낌이야. 너무너무 좋아. 행복하려고 나는 여기에 있는 거야."

미란이는 당연하다고 힘주어 말했다. '행복'이라는 단어에 나는 잠시 울컥했다. 행복은 대체 뭘까.

"니가 준 책, 읽으면 되는 거지?"

나의 말에 미란이는 환하게 웃었다. 왜 그런 웃음을 학교에서는 짓지 않는 거니. 학교도 집처럼 행복한 곳이 아니라 그런 거니. 하지만, 나는 '내일 학교에서 보자.'라는 인사만을 남겼다. 그리고 가방을 들고 그곳에서 빠져나왔다. 나는 이제 미란이와 '많은 것을 공유한 사이'가 되었다. 그렇지만 여전히 친구는 아니다.

나는 마지막 버스를 놓치지 않기 위해 전속력으로 뛰었다. 오늘 새벽은 잠자긴 글렀다. 힘들다. 아까 마신 초코 우유의 달달함은 어디로 갔을까.

현타

결론부터 말하면, 나의 가출은 소동이라고 하기에도 민망했다. 다음 날도 아빠는 어김없이 잔소리를 퍼부었고, 엄마는 아들 밥상 차리기에 여념이 없었다. 나의 반항은 일상을 깨트릴 만큼 큰 사건은 아니었던 거다.

하지만 그날 새벽, 나는 진심으로 다시 가출을 하고 싶어졌다. 집에 오자마자 부리나케 시작한 국어 수행평가는 너무, 몹시, 지나치게 많았다.

"정철, 죽여 버릴 거야."

무려, 정철의 「관동별곡」이었다. 그놈의 「관동별곡」을 일일이 필사해서 해석까지 곁들여야 했다. 뭔 말인지 모르는 단어만 줄줄이 나오고, 양은 또 가히 살인적이었다. 정철 가사를 대한민국에 태어난 고등학생이라면 다 꿰고 있어야 한다는 국어 선생은 진짜 싸이코가 분명했다.

그리고 오늘 아침, 교실 뒤에 붙은 점수표 앞에서 나는 끝내 무릎을 꿇고 말았다. 새벽 내내 밤을 새워도 완성하지 못한 「관동별곡」 수행평가 점수는 진짜 눈뜨고 못 볼 정도로 처참했다. 이대로라면 2학기 중간고사 성적은 분명 지옥행이었다.

"류주연, 너 오늘 학원 안 가는 날이지?"

시내였다. 절망에 몸부림치고 있는 나를 발견하고 점수표를 확인하더니 혀를 끌끌 찬다.

"시험 문제 전부 맞혀야 겨우 80점 넘겠네."

"말하지 마. 죽을 것 같으니까."

그걸 굳이 한 번 더 콕 집어서 정리해 주는 센스에 나는 이를 갈았다.

"위로는 아니고, 국싸가 이번 수행평가 점수 짜게 주려고 완전 작정했대. 전교에서 수행평가 만점 받은 애는 한 명밖에 없다더라."

국어 선생은 역시 싸이코였다. 설마, 만점자가 내가 아는 그 애인 건가.

"그 한 명이 혹시 3반에 있대?"

"오, 어떻게 알았음?"

또 다시 절망의 늪으로 빨려 들어가고 있었다. 그게 누구냐고 굳이 확인할 필요도 없었다. 진짜 미란이 말대로 그날 수행평가 때문에 집에 들어간 게 아니었다. 내가 얼마나 우습게 보였을까. 너무 쪽팔린 나머지 누워야 할 관을 직접 짜고 싶구나, 흑흑.

"암튼, 너 저번에 채민지가 얘기했던 과외 기억나지. 그거 하러 오늘 민지 집 근처로 갈 건데, 같이 갈래?"

"결국 하는 거야?"

"아직 과외비는 안 냈어. 근데 시범 수업 해 준다고 오라고 그랬어. 그거 보고 나서 엄마가 시켜 준대."

딸이 필요하다면 모든 것이 만사 오케이인 엄마를 두고 있는 시내의 속 편한 말에 나는 쓰게 웃으며 힘없이 고개를 끄덕였다. 과외고 뭐고, 집 나간 내 정신이나 찾아와야 할 판이다. 다음 수업이 뭐더라. 시간표를 보고 있지만 한글인지 외계어인지 읽히지가 않는다. 나는 사물함을 열고 교과서를 살폈다.

"아, 저거 돌려줘야 하는데."

교과서 사이에 꽂힌 저 새빨간 책. 나는 혹시라도 누가 봤을까 싶어 주변을 두리번거렸다. 그리고 얼른 체육복으로 덮어 버렸다.

미란이가 주었던 그 책은, 진짜 마법의 책이었다. 내가 입 밖으로 뱉은 말이니까 일단은 읽어 볼 마음으로 집에서 펴 들었다가 아주 그냥 깜짝 놀랐다. 첫 장을 넘기기 무섭게 응응을 연상하는 문장들이 눈앞에서 춤을 추었고, 급기야 노골적인 단어와 묘사에 숨이 넘어갈 뻔했다.

어쩜 그리 책이 잘 읽히는지, 몰래 방에 숨어서 읽는 맛이 아주 꿀이었다. 그리고 나는 그것이 팬픽이라는 걸 알았다. 의도한 바는 아니었으나, 여러 밤에 걸쳐 미란이와의 약속을 아주 철저히 지킨 나는 책을 돌려주기 위해 학교로 가지고 왔다. 하지만 다른 아이들 앞에서 직접 전해 주기에는 몹시 민망한 물건이었기 때문에, 며칠째 아무에게도 들키지 않고 건넬 타이밍만 엿보고 있었다. 그렇지만 미란이는 그날 이후, 학교에 잘 나오지 않았다.

"그래도 수행평가는 했네."

나는 다시 점수표 앞에 서서 중얼거렸다. 미란이 옆에는 나와 비슷한 점수가 적혀 있었다. 행복하냐는 질문에 당연하다고 힘주어 말하던 얼굴이 떠올랐다. 미란이의 자리는 오늘도 비어 있었다. 미란이는 자신의 말처럼 '행복'하기 위해 오늘도 어썸을 보러 떠난 걸까.

"국싸 조금 늦게 온다고 자습하고 있으래."

그때, 교실 앞문이 열리면서 부반장이 말했다. 아이고, 다음 시간이 문학이구나. 나는 서둘러 교과서를 챙겼다.

"원래는 사만오천 원 받아야 하는데 삼만 원만 줘."

내가 자리에 앉기 무섭게 짝꿍 희지가 나의 책상 위에 무언가를 올린다. 나는 그것들을 보고 기함해서 얼른 책상에 몸을 엎드렸다.

"야, 이렇게 노골적으로 주면 어떡해."

나의 말에 희지는 심드렁하게 말했다.

"아, 미안하다. 일코하는 데 방해됐냐?"

"코스프레가 아니라 나 일반인 맞거든."

나도 모르게 붉어진 얼굴로 정신없이 책상 위를 쓸어다가 서랍에 집어넣었다. 그건 어썸 앨범 세 장이었다. 알고 보니 공공연하게 어썸 덕후들이 많은 우리 반이었고, 그중에는 짝꿍 희지도 포함되어 있었다. 아니, 정확하게는 과거형이지. 지금은 다른 그룹을 덕질하고 있으니까 말이다. 어쨌든, 예전에 어썸 싸인회에 당첨되기 위해 사들였던 앨범들을 처분하는 데 골머리를 썩고 있던 중 나를 발견한 거였다.

"아, 또 미안하다. 앨범 사는 일반인이 있는 줄은 몰랐네."

심드렁한 말 속에는 단단한 뼈가 있었고, 그 뼈에 부딪친 나는 얼굴이 화끈거려서 견딜 수가 없었다. 얼른 3만 원을 건네주자 희지는 '거래 감사합니다.'라며 공손히 머리를 숙인다.

"늦덕⁹이라 사야 할 물건이 많으실 텐데, 언제든 이용해 주세요."

"놀리지 마라. 나 덕후 아니라고."

"아, 예. 그래서 아침에는 작년 연말 무대 영상 보고 계셨어요?"

말을 말자. 창피해서 입을 꾹 다무는 나를 희지가 턱을 괴고서 빤히 바라본다.

"몰래 엎드려서 유튜브 보고 있길래 야동이라도 보는 줄 알았잖아."

야동은 아니고, 야설은 봤다.

내가 고개를 숙이자 희지는 더 말하지 않겠다는 듯 어깨를 으쓱

---

9. 늦게 입덕한 팬을 가리키는 준말.

거렸다. 하지만 어썸 굿즈는 꼭 자신에게서 사라는 말은 잊지 않았다. 새로운 오빠들의 덕질을 위해서는 돈이 필요하다나, 뭐라나.

뭐, 솔직히 말하자면 어썸이라는 아이돌에게 흥미가 생기긴 했다. 나도 '행복'이라는 단어가 궁금했으니까. 세련된 외모에 간지 나는 옷을 입은 그들은 누구보다 특별한 사람이었다. 그들을 보며 행복하다고 생각할 수 있는 이유는 뭘까.

정말 그 놈의 '사랑' 때문인가.

그때였다. 교실 뒷문이 열리더니 얼굴이 벌겋게 달아오른 누군가가 들어섰다. 그것은 다름 아닌 반장 지혜였다. 울었나 싶을 정도로 눈이 빨갛게 충혈된 모습이 심상치 않았다. 자리에 앉아 서랍에서 교과서를 꺼내는 지혜의 주변에서 '괜찮아?', '국싸가 뭐래?' 같은 말이 쏟아졌다.

"반장 왜 저럼?"

희지가 부반장 연균이에게 물었다. 과자 봉지 하나 뜯어서 득달같이 달려드는 남자아이들 사이에 있던 부반장이 과자 씹는 소리를 섞어 가며 말한다.

"몰라, 아까 교무실에서 국싸랑 심각하게 얘기하던데."

"나 알아. 국어 수행평가 때문일걸."

부반장 옆에서 함께 과자를 흡입하던 김기수였다. 그 말에 나도 고개를 들었다. 희지가 시큰둥하게 다시 물었다.

"왜? 쟤가 우리 반 1등 아냐?"

"응, 그런데 만점이 아니고 1점 깎였잖아. 해석을 뭐 잘못 썼대. 박지혜는 자기가 공부한 자습서에 나온 걸로 썼다고 항의했는데, 국싸는 자기가 나눠 준 프린트에 나오는 걸로 써야 점수 인정이라 그랬대."

나는 문득, 지난번에 운동장에서 정지원과 앉아 있었던 반장의 모습을 떠올렸다. 비즈니스 관계라더니, 정지원만 만점을 받아서 저렇게 속상한가 보다.

때마침, 교실 앞문이 열리고 국싸가 들어섰다. 펼쳐진 과자 봉지를 발견했는지 우리 방향을 향해 치우라며 잔소리를 시작했다. 나는 기계적으로 문학책을 펴 들었다. 필기라고는 몇 줄 되어 있지 않는 깨끗한 책이었지만 그나마 용케 졸지 않고 적은 사자성어 하나가 보인다.

연군지정戀君之情이라.

흥, 임금님 덕질인가. 조선시대에도 덕후는 있었군.

*

여름의 더위가 누그러지고, 아이들은 반팔 대신 카디건을 입기 시작했다. 그리고 아이들의 책상 위로 입시용 문제집이 등장했다.

"암튼, 그래서 대학 나와서 취직 못 하니 차라리 일찍 공무원 시험 준비한다는 거야. 그러면서 너도 어차피 인서울 힘들 텐데 같이 노량진 가자고 그러는 거 있지."

학교 수업을 마치고 민지네 집 근처로 가는 버스 안에서, 시내와 민지는 쉴 새 없이 수다를 떨었다. 누가 누구와 사귀다가 헤어졌다는 가십거리부터, 대학 입시까지 주제가 아주 버라이어티 했는데, 가장 많은 얘길 한 주제는 '어떻게 살까'였다.

첫 번째, 대학은 갈 수 있을까. 두 번째, 대학을 못 가면 돈이라도 많아야 하지 않을까. 세 번째, 안정적인 직업이 최고가 아닐까. 네 번째, 대학 못 가고 돈도 없으면 미모라도 타고나야 하지 않을까.

이 네 가지 고민들을 차례로 훑고 나면, '그래서 대학도 못 가고, 돈도 많이 없고, 예쁘지도 않은 인간은 어떻게 살까'에 대한 최종 고민에 도달한다. 물론, 거기에 대한 해답은 아무도 내려 주지 않는다. 옆 반의 누구는 인스타 팔로우 수를 늘려서 파워 인스타그래머가 되겠다고 하고, 그 옆옆반의 누구는 집에 돈이 많아서 일찌감치 강남의 유학 센터에 서류를 신청해 놓았다고 한다. 그렇게 누군가는 수험이라는 전쟁 도피처를 마련하고 있었다.

"저기서 만나기로 했어. 오늘 우리 말고 또 누가 상담 받기로 했대."

버스에서 내리자 민지가 어느 카페를 가리켰다. 아무 생각 없이 오긴 했지만, 괜히 위축됐다. 부모님이 밀어 주는 민지와 시내의 어깨는 나의 눈에만 보이는 뽕으로 한껏 높아 보였다. 기회를 봐서 너희들끼리 얘기하라고 말하고 싶었다.

"저거 우리 학교 교복 아니야?"

그때, 시내가 카페 유리창을 가리켰다. 상담 받는 사람이 우리 학교 학생인가. 카페 문을 열고 들어서니 뒷모습이 몹시 낯이 익었다. 설마, 하는 생각을 하기 무섭게 안경을 쓴 한 여자가 민지를 향해 손을 흔들었다. 그리고 동시에 그 앞에 앉아 있던 우리 학교 교복도 고개를 돌렸다.

"야, 정지원이 왜 여기에 있어?"

시내가 목소리를 한껏 내리깔고 나에게 속삭였다. 그랬다, 그 누군가는 바로 우리 학교 유일한 국어 수행평가 만점자셨다.

"같이 얘기 나누어도 괜찮겠지?"

안경을 쓴 과외 선생이 씨익 웃으며 말했다. 괜찮지 않아도 말할 수 있는 용기를 가진 자는 우리 중에 없었다. 나 역시, 먼저 간다는 말을 할 타이밍을 놓쳐 버렸다. 쪼르르 앉은 우리를 가만히 보던 정지원이 말했다.

"쌤, 음료 사 올게요."

과외 선생에게 카드를 받아 카운터로 가는 정지원을 보며 나는 정말 심히 불편했다. 아마도 그날 이후, 처음이라 그럴지도 몰랐다.

"대학 어디 가고 싶어?"

순간, 나는 얼음이 되었다. 주위를 두리번거렸지만 질문은 나를 향했다. 나는 검지로 내 가슴을 찌르며 '저요?'라고 되물었지만 안경 너머로 과외 선생은 피식 웃으며 '그래, 너'라고 대꾸했다.

"지원이가 이중, 유일하게 아는 애가 너라고 하던데."

오, 맙소사. 그 말에 민지와 시내가 눈을 빛내며 나를 돌아보았다. 나는 등 뒤로 식은땀이 흐르는 것을 느꼈다.

"치, 친하지는 않은데…."

기어 들어가는 목소리로 얼버무리는 나를 보며 과외 선생은 다시 웃었다. 졸지에 정지원과 아는 사이로 찍혀 버린 게, 설마 나도 우등생이라고 생각하는 건 아니겠지.

"그래, 대학은 어디 가고 싶은데?"

"…."

"무슨 전공을 하고 싶어?"

"…."

이런 벙어리가 또 있을까. 질문들이 화살처럼 날아왔다. 푹푹 아프게 찌르는 질문에 교복 치마만 붙잡았다. 싸늘하게 식어 가다 못해 돌이 될 것 같은 이런 기분은 난생 처음이었다.

"그걸 정하고 싶어서 왔다잖아요."

그때였다. 정지원이 음료를 홀짝이며 소파에 등을 기대고 있었다.

"어느 대학을 가고 싶은지, 무슨 전공이 하고 싶은지 다 알면 쌤한테 왜 돈을 내요."

그 말투는 무심했지만, 질문의 늪에서 허우적거리는 나를 끌어올렸다. 과외 선생한테도 할 말 다 하는 정지원 덕분에 나는 겨우 숨을 돌렸다. 과외 선생은 '그러네, 쏘리.' 하며 쿨 하게 인정해 버렸다.

"지금 나누어 주는 설문지를 작성해서 내게 주면 돼."

과외 선생은 파일에서 종이 석 장을 꺼내 우리 셋 앞에 펼쳐놓았다. 설문지는 글씨가 빼곡했다.

1번, 고등학교 내신 성적을 쓰시오. 2번, 모의고사 성적을 쓰시오. 3번, 지망하는 대학교가 있다면 두려워하지 말고 쓰시오. 4번, 학생 기록부에 기록되어 있는 이력을 쓰시오. 봉사 활동, 독서 활동, 동아리 활동을 예로 드시오.

아직 남은 문항이 많았지만, 난 이미 온몸에서 힘이 쭉 빠지고 있었다. 내신 성적이 어떻게 되더라. 모의고사는 몇 점이었지. 학생 기록부에 뭐가 기록되어 있는지 내가 확인한 적이 있었나. 난 점점 속이 미식거리는 걸 느꼈다. 옆을 돌아보자 시내와 민지도 각자 손톱을 물어뜯거나 애꿎은 볼펜 끝만 씹고 있었다.

우리가 갈팡질팡하는 동안, 과외 선생은 정지원이 건넨 학생부 프린트를 살펴보고 있었다. 난 슬며시 눈길을 돌렸다. 정지원은 나를 빤히 쳐다보고 있었다. 나는 다시 설문지에 얼굴을 파묻었다. 점심으로 먹은 급식이 속에서 부글부글 끓었다.

"학생부 정리 엄청 꼼꼼하게 했네. 2학기 성적도 이렇게 유지한다면야 법대에 원서 문제없이 쓰겠다."

그 말에 우리 셋은 누가 먼저랄 것도 없이 고개를 번쩍 들었다. 시내가 소리 없이 입모양으로 '법대?'라고 되물었다. 반면 설문지에 글 한 줄 채워 넣지 못하는 자신에게 짜증이 솟구쳤다.

"법학과 말고 다른 과는?"

"아직 모르겠어요."

"수시로 끝낼 거니, 아니면 정시까지 생각하고 있니."

"정시는 생각도 안 하고 있는데요."

결국, 민지의 입에서 '헐' 하는 짧막한 신음이 터져 나왔다. 이건 뭐, 우리가 고등학교 2년 반을 철저히 날로 살아왔다는 걸 이렇게 처절하게 느끼게 해 줄 수 있나.

이미 저 아이는 입시 전쟁에 참여할 준비가 끝나 보였다. 성적이라는 총알을 장전한 저 아이의 총구는 어디를 겨냥하고 있을까. 문득, 아이돌을 보기 위해 그 수많은 팬들 사이에 서 있던 정지원의 모습이 낯설게 느껴졌다. 일개 '사수니'라는 말을 들었던 그 아이는, 나와 같은 교복을 입고서 당당하게 자신의 미래를 설계하고 있었다.

"야, 괜찮아?"

나도 모르게 앓는 소리를 냈는지, 민지가 물었다. 나는 음료를 단숨에 들이켰다. 차가운 얼음을 삼켜 울렁거리는 속을 잠재우고 싶었다.

"나 화장실 좀 다녀올게."

나는 한 손에 프린트를 꼬깃 쥐고서 자리에서 일어났다.

똑똑, 누군가가 노크를 했다. 나는 노크로 응대하고 남은 문항을 살폈다.

5번, 살면서 가장 힘들었던 일은 무엇이었는지 쓰시오. 6번, 그 일을 극복하기 위해서 어떤 일을 해 보았는지 쓰시오. 7번, 학교생활을 하면서 가장 열심히 했던 일을 쓰시오. 8번, 내가 가장 즐겁다고 생각하는 일을 쓰시오. 9번, 잘하지는 못해도 열심히 했던 일을 쓰시오.

마지막 문항에는 다음과 같이 적혀 있었다.

– 10. 꿈이 무엇인지 쓰시오.

머릿속에서 거대한 종이 뎅 하고 울리는 것 같았다. 나는 흔들리는 머리를 붙잡았다.

꿈.

잠깐 있어 봐, 내 꿈이 뭐였더라. 초등학생 때까지는 막연하게 책 많이 읽는 사람이 되었으면 좋겠다고 생각했었다. 하지만 지금은 꿈 같은 건 없다. 돈 많은 백수라고 적어도 되나. 생각하면 할수록 스스로가 참 한심해진다. 잠시 후, 다시 화장실 문을 두드리는 소리가 들렸다. 나는 자리에서 일어났다. 그리고 문 밖을 나섰을 때, 정지원과 마주쳤다.

"변비 걸렸냐. 오래도 있네."

지원이는 화장지로 손을 닦으며 말했다.

"저 쌤 원래 말투가 재수 없어. 그러려니 해."

니 입에서 말투가 재수 없다는 말이 나오니까, 참.

"응, 아까는 고마워."

그러자 지원이는 '뭘 했다고 고맙대.'라며 시큰둥하게 받아치고는 이어 말했다.

"너 진짜 입 무겁더라."

그 말에 머리를 긁적였다.

"앞으로 마주치면 인사는 하고 그래. 나한테 뭐 잘못한 거 있냐, 왜 경계하고 난리야."

경계가 아니라 어색한 거란다. 어쨌든 불편했던 건 사실이라 고개를 끄덕였다. 그러자 지원이가 먼저 밖으로 나가고, 나는 그 뒤를 따랐다. 그러다 문득 물어보고 싶은 게 떠올랐다.

"너도 이거 작성했어?"

구겨진 설문지를 내밀자, 지원이는 '응' 하고 대꾸한다.

"너는 10번 질문에 뭐라고 썼어? 판사? 검사? 변호사?"

법대를 진학한다고 했으니 꿈이 그쪽과 연관 있을 듯해서 던진 질문이었다. 하지만 돌아온 대답은 정말로 뜻밖이었다.

"성덕."

서, 성덕? 그게 뭐지?

나는 당황스러웠다. 성덕이 대체 무슨 뜻이냐. 검색을 하려고 자리에 돌아오자마자 열심히 핸드폰을 찾았다. 민지가 내게 핸드폰을 건넸다.

"전화 엄청 오더라. 같은 번호로 계속 오던데."

건네받은 핸드폰에는 정말로 부재중 전화가 4통이나 찍혀 있었다. 모르는 번호였다. 의아해하며 통화 버튼을 눌렀다. 누군가가 곧바로 전화를 받았다.

"누구세요?"

「응, 미란이 친구 맞니? 혹시, 미란이가 어디에 있는지 알고 있나 싶어 전화했어.」

나는 입이 점점 벌어졌다. 핸드폰 너머 애타는 목소리의 주인은 미란이의 행방을 묻고 있었다. 나는 무표정한 얼굴의 지원이를 바라봤다. 지원이는 눈이 마주치자 고개를 갸웃거렸다.

*

낮에는 하늘이 훤했는데, 저녁이 되자 하늘이 꾸물꾸물했다. 요즘 날씨는 종잡을 수가 없었다.

"그래도 다행이네, 겨울은 아니니까."

옆에서 들려오는 까칠한 말투에 나는 움찔했다.

"길에서 얼어 죽진 않을 거 아냐."

"응."

옹골찬 팩트를 담아내는 지원이에게 내가 할 수 있는 건 이 짧은 대꾸뿐이었다.

"어썸 리팩 앨범[10]으로 컴백한다는 기사가 저번 주에 떠서 사생

수가 장난 아닐 거야."

이어지는 팩트 폭력에 나는 끙 한숨을 내쉬었다. 내가 어쩌다가 연락이 두절된 어썸 빠순이의 행방을 찾으러 나서게 되었을까. 세상에, 핸드폰을 두고 집을 나가다니. 며칠 전 내 가출은 정말 애교였구나.

핸드폰 연락처를 일일이 뒤지다가 나한테까지 연락한 미란이 어머니는 절박했다.

「미란이가 어디에 있는지 아는 친구가 아무도 없어.」

그렇겠지. 미란이는 항상 혼자 다녔으니까. 친구라고 하기에는 애매한 사이지만, 난 알고 있다. 미란이가 어디로 도망쳤을지 말이다. 그래서 울먹이는 어머니께 모르겠다고 변명할 수가 없었다.

전화를 끊고, 지원이에게 미란이의 소식을 전했다. 지원이는 당황한 듯 잠시 침묵을 지키고 있었다. 미란이와 사이가 썩 좋아 보이지도 않고, 본인도 워낙 바쁘니 도와주지 않는다고 해도 이상할 게 없었다.

"시험 기간은 아니니까."

도와주겠다는 건가. 그 말과 함께 지원이는 어디론가 전화를 걸었다. 그러고는 오늘 일이 있어서 늦을 수도 있다고 얘기했고, 나의 귀에 핸드폰 너머의 목소리가 들렸다.

---

10. 리패키지(re pack) 앨범의 준말로, 기존의 정규 앨범에 신규 곡을 추가하여 새로운 패키지로 발매하는 앨범.

「아예 들어오지 마.」

지원이보다 몇 배는 차가운 말투였지만, 정작 당사자는 아무렇지 않아 보였다. 지원이의 어머니였을까.

"미란이가 지금 어디에 있는지 알 수 없을까?"

나보다 반걸음 앞서 걸으며 지하철역이 있는 곳으로 향하던 지원이는 열심히 누르던 핸드폰을 들여다보며 내 물음에 답했다.

"어썸이 어디에 있는지 알면 되지."

그게 뭐 어렵냐며 태연한 모습에 할 말을 잃었다. 흘끗 곁눈질로 훔쳐 본 지원이의 핸드폰에는 트위터 멘션들이 빼곡하게 띄워져 있었다. 또다시 빠순이 세계로 가야 하는 거냐, 으으.

"오늘 어썸 공식 스케줄은 없네."

지원이는 그 말과 함께 잠시 멈추어 섰다. 나는 괜히 재촉하기는 싫었기에 옆에 같이 서서 기다렸다.

"이 짓까지는 하기 싫었는데, 어쩔 수 없지."

그리고 잠시 후, 무언가 큰 결심을 한 듯 중얼거렸다. 다시 걸음을 옮기며 어디론가 카톡을 보냈다. 우리가 지하철 계단을 부지런히 걸어 내려가는 중에, 핸드폰이 울렸다.

「정지원이 나한테 카톡을 다 하네.」

우리 또래는 아닌 것 같은 누군가에게 지원이는 말했다.

"언니, 지금 휘영 어디 있어요?"

전후사정 없이 단도직입적으로 묻는 지원이에게 상대방은 코웃음을 쳤다.

「너 에리카에서 휘영으로 갈아탔어?」

"휘영 사생 한 명을 찾아야 해서요."

지원이는 평소와 달리 친절하게 답했다. 하지만 핸드폰 너머에서는 대답이 없었다. 하지만 지원이는 덤덤하게 말을 이어 나갔다.

"친구거든요."

순간, 나는 놀라서 고개를 들었다.

"며칠째 연락이 안 돼요, 도와주세요."

제 성질대로 까칠하게 맞받아칠까 긴장한 내가 미안해질 정도로 공손한 말투였다.

「너도 친구가 있네. 하도 싸가지 없어서 친구는 없을 줄 알았지.」

이야, 도대체 저 사람은 누구기에 정지원에게 저런 팩폭을 날리는 거냐. 지원이의 눈에는 점점 더 힘이 들어가고 있었다. 용케 제 성질을 잘 참고 있었다.

「휘영 지금 단골 식당에 멤버들하고 같이 있어. 선플라워도 자주 가는 고깃집이야.」

그러자 버스가 빠르다며 바로 몸을 돌려 지상으로 걸어 올라간다. 빨라진 걸음을 따라 부지런히 뒤를 따랐다. 지원이는 고맙다는 말과 함께 핸드폰을 끊으려 했다. 그러자 다시 목소리가 들려왔다.

「에리카 지금 헤어숍에서 머리한다는데, 거기는 안 가?」

그 말에 지원이는 놀란 모양이었다.

"에리카 오늘 아무 스케줄도 없는 날이잖아요."

「응, 그런데 머리하고 있대.」

"언제부터요?"

「1시간 전에 들었어. 에리카 골수 사생 몇 명은 이미 그 앞에 있다던데. 에리카하고 얘기 오래 나눌 수 있는 기회라서 너는 당연히 거기에 있을 줄 알았지.」

지원이는 얼어붙은 듯 멈추었다. 곧이어 통화는 종료되었지만 핸드폰을 쥐고서 한동안 말이 없었다. 몹시 심각한 표정이었다. 자신이 그 자리에 없다는 사실에 자존심이 상했을까. 지원이의 얼굴은 붉어져 있었다.

"가자."

지원이의 낯빛이 곧 원래대로 돌아왔고, 나는 함께 걸었다. 금세 주변은 어둑했다. 버스 정류장으로 가면서, 무슨 말을 해야 하나 싶었다. 내 부탁이 아니었다면 진즉 에리카를 보러 떠나지 않았을까.

퇴근 시간이라 버스에는 사람들로 북적였다. 사람들 틈에서, 우리는 한참 동안 말없이 창밖을 바라보았다. 어쨌거나 미란이를 찾기 위해 지원이를 끌어들인 것은 나였으니, 사과를 해야 하나 진지하게 생각했다.

"현타 왔어?"

대답은 없었다. 꽉 막힌 도로 위에서, 버스는 조금씩 달리다가 다시 멈추기를 반복했다. 차라리 버스라도 시원하게 달리면 좋을텐데,

이리저리 답답한 상황에 한숨이 나왔다.

"현타는 진즉에 왔었어."

문득 지원이가 말했다. 시선을 창밖에 두고 있었다.

"고등학교 오니까 현타 오는 횟수가 장난 아니더라. 고 1은 어떻
게든 버텼지만, 고 2가 되면서 갈림길에 섰어."

"무슨 갈림길?"

"덕질이냐, 현실이냐."

현실. 나는 몹시 답답해졌다. 그 단어에 돋아 있는 꺼끌한 무언가
가 목구멍에서 넘어가지 않고 나를 괴롭혔다.

"너도 현실을 걱정해?"

내 말에 그 아이는 픽 하고 웃었다.

"나는 대한민국 고등학생 아니냐?"

지원이의 웃음에는 힘이 없었다.

"덕질과 현실은 언제나 수평선이더라. 그리고 고 3이 되면서 자연
스럽게 수평선 중 하나를 택하게 생겼고."

말문이 막혔다. 성적으로 계급 지어지는 이 세계에서 다른 차원
에 있었던 이 아이에게 이유 모를 슬픔이 느껴졌다. 과외 선생을 만
나고, 하루 종일 느꼈던 서러움과 같은 색깔이 이 아이에게서 고스
란히 묻어났다. 그 색깔은 꽉 막힌 도로 위에 낮게 드리운 칙칙한
하늘과 닮아 있었다.

얼마나 시간이 지났을까, 버스가 성산대교를 건너기 시작했다. 창

너머 한강은 야경을 비추며 유유히 흐르고 있었다. 그 위로 만원 버스는 가다 서다를 반복했고, 나는 점점 머리가 아파 왔다.

"아까 전화한 사람은 누구야?"

지원이는 하차벨을 누르며 말했다.

"내가 처음 사생을 시작하게 만든 사람."

그 말을 이해할 수 없어 눈만 꿈벅이자, 좀 더 자세한 설명이 필요하겠다 싶었는지 다시 말을 덧붙였다.

"중학교 1학년 때, 그 언니는 트위터에서 유명한 선플라워 사생이었어. 내가 안방에서 동영상이나 돌려보고 있을 때, 그 언니는 무슨 배달 음식을 시켰는지도 다 알고 있었거든."

거기까지 말을 마친 지원이가 카드를 단말기에 찍고 뒷문으로 내렸고, 나는 계속 따라갔다.

"자존심 상하는 거야. 내가 선플라워 에리카를 좋아하는 마음이 저 언니가 좋아하는 마음과 다르지 않는데, 왜 나는 항상 저 언니보다 모자란 기분을 느낄까. 좋아하는 아이돌이 오늘 무엇을 했는지 알고 싶은 애들은 그 언니의 트위터를 찾아가 아부를 떨었고, 그 언니는 자신이 마치 연예인이 된 것마냥 인기를 누렸지."

"그래서, 너도 그 언니처럼 되어야겠다고 결심한 거야?"

순간, 나의 질문에 지원이는 우뚝 멈추었다. 조금 경직된 표정에 내가 말실수를 했나 싶었다. 잠시 후 지원이는 힘없이 웃었다.

"응, 그랬나 봐. 그 언니처럼 되고 싶어서 에리카를 쫓아다니기 시작했나 봐. 어린애가 자신을 좋아한다며 열심히 따라다니는 걸 예 뻐한 에리카 덕분에 나는 큰 쾌감을 느꼈어. 우월해진 느낌이었거 든. 그 언니는 내가 싫었을 거야. 빠순이는 그저 빠순이일 뿐이고, 특별할 수 없다는 걸 내가 알게 해 주었으니까. 에리카가 그 언니보 다 나를 더 알아보기 시작했을 무렵에, 그 언니는 같은 회사에서 막 데뷔한 어썸의 사생이 되었어."

그때, 나는 지원이의 앞에서 '나도 언니처럼 될래요.'라고 당돌하 게 말했던 중학생 여자아이가 떠올랐다. 그 아이와 지원이가 겹쳐 보였다. 지원이는 그래서 그날 '현타'를 맞았던 거다. 그 여자아이가 자신의 옛 모습과 닮았을 테니까. 거울 속의 민낯을 마주하는 기분 이었겠지.

저녁이 되면서 거리는 네온사인으로 빛났다. 어른의 세계에 발을 내딛은 기분이었다. 주변이 몹시 생경했다. 여자들이 삼삼오오 몰려 다녔고, 외국인도 곳곳에 있었다. 나는 직감적으로 미란이가 있는 곳에 도착한 걸 알았다.

"그럼 미란이도 너와 같은 이유로 시작한 걸까?"

지원이는 잠시 침묵을 지키다 입을 열었다.

"걔는 달라. 나보다 좀 더 순수하니까."

아주 찰나였지만, 지원이의 말 속에 스며 있는 쓸쓸한 여운이 내 심장으로 전해졌다. 내가 좋아하는 누군가에게 '특별한 존재'가 되 고 싶어서 사생을 시작했다는 저 아이는 자신의 그런 마음이 순수하지 못했다고 자책하고 있었다. 나는 그게 왠지 슬펐다.

번화가 뒷길은 여러 음식 냄새로 가득했다. 길목 아래에 사람으로 북적이는 고깃집이 보였다. 그 건너편에 있는 카페에는 음료를 앞에 놓고 창가에 다닥다닥 붙어 있는 여자들이 잔뜩 있었다. 그들은 열심히 스마트폰을 들여다보거나 고깃집 안쪽을 뚫어지게 살피고 있었다.

"어썸이 식당에 들어간 지 얼마 되지 않았으니, 이 근처에 있는 것은 맞을 거야."

"얼마 되지 않은 건 어떻게 알아?"

"저기 어썸 매니저가 이제 주차하고 들어가잖아."

정말 두 남자가 식당 주차장에서 성큼성큼 식당으로 들어가고 있었다. 얘는 진짜 모르는 게 없구나. 뭐, 이제는 놀랍지도 않다.

"걔가 저 비싼 고깃집에서 밥을 먹고 있을 리는 없고, 식당이 보이는 근처에 무조건 있을 거야."

설득력 있는 추리에 나는 고개를 끄덕였다. 지원이는 먼저 건너편 카페로 향했다. 카페는 발 디딜 틈이 없었다. 창가뿐 아니라 카페 구석구석을 채우는 여자들은 하나같이 길 건너에 있는 식당을 예의 주시하고 있었다.

"미란이는 안 보여."

주변을 살핀 나의 말에 지원이는 어딘가로 걸어갔다. 혹시 미란이를 찾았나 싶어 부리나케 쫓았다. 지원이는 커다란 소파 앞에 멈쳐 섰다. 거기에는 피곤해 보이는 여자들이 소파에 기대거나 테이블에 엎드려 자고 있었다. 지원이는 그중 유일하게 핸드폰을 보고 있는 여자에게 인사했다.

"안녕하세요."

"아, 얼마 전에 콘서트 표 교환했던 에리카 팬?"

그 여자도 지원이를 반겼다. 그 여자는 기획사 건물 앞에서 미란이와 아는 척했던 홈마였다.

"여긴 웬일이에요? 에리카도 근처에 있나?"

그 여자의 말에 지원이는 빙긋이 웃어 보였다.

"친구를 찾고 있어요."

"친구? 누구?"

"휘영 팬이고요, 이름은 최미란이에요."

그 여자는 '최미란? 어디서 들어봤는데?' 하며 중얼거렸다. 나는 기획사 건물 앞에서 님과 얘기했던 여자애라고 나서고 싶었으나 간이 콩알보다 작아서 잠자코 있었다. 그러자 옆에서 자고 있던 무리 중 하나가 천천히 고개를 들더니 갈라진 목소리로 말했다.

"언니, 오늘 랜덤 박스 사고 같이 차 타고 돌아다닌 여자애들 중 한 명이 최미란 아니에요?"

"아아, 그 조그마한 여자애."

기억이 났다는 듯 손뼉을 치는 홈마의 모습을 보고, 나는 찾았다는 생각에 한숨이 터졌다.

"걔라면 요 며칠간 제대로 못 씻었다고 머리 감으러 갔어."

머리를 감으러 갔다고? 지원이는 듣자마자 고개를 끄덕였다.

"놀이터 공중 화장실에 갔겠네요."

"아마도? 밥을 제대로 못 먹은 것 같아서 점심은 내가 사 주긴 했는데, 가출한 애예요?"

홈마가 묻는 말에 내 심장이 덜컹 내려앉았다. 그러자 지원이는 다시 예의 바르고 가식적인 웃음을 지었다.

"사생 중에 가출한 사람이 어디 한둘인가요."

그 말과 함께 지원이는 소파에 누워 있는 사람들을 쓱 둘러보더니 다시 입을 열었다.

"근데, 걔는 아니에요. 엄마가 찾고 계시거든요."

지원이가 하는 말에 홈마의 옆에 앉아 있던 여자 표정이 천천히 굳어진다. 홈마 역시 썩 좋은 얼굴은 아니기에 지원이가 그녀들의 심기를 건드린 것 같았다. 하여튼 유별난 재주다. 그러거나 말거나, 지원이는 태연하게 등을 돌렸다. 지원이는 카페를 빠져나와 곧장 길을 따라 걸었다.

"그 사람들 왜 그런 거야?"

나의 질문에 지원이는 카페 안에서의 미소는 집어던지고 평소 자신의 얼굴로 돌아왔다.

"찔리니까. 사람이란 정곡을 찔리면 정색하기 마련이잖아."

그러니까 너의 말이 무슨 정곡을 찌르는 건데 되묻고 싶었지만 지원이의 걸음은 점점 빨라지고 있었다.

5분 정도 걸었을까, 언덕 위로 놀이터 하나가 보였다. 번화가 중심에 떡하니 자리 잡은 놀이터에는 어린이는 없고 젊은 여자들 천지였다. 지원이는 익숙한 듯 놀이터를 가로질러 구석에 있는 건물로 향했다. 건물의 외벽은 형형색색의 그래피티와 낙서들로 가득했고 퀴퀴한 냄새가 절로 미간을 찌푸리게 했다.

여자 화장실에 들어서자 모터가 돌아가는 굉음이 들렸다. 젖은 손을 말리는 핸드 드라이어 아래에 누군가가 허리를 숙이고 있었다. 물이 뚝뚝 떨어지는 머리카락을 늘어뜨리고 정수리를 손으로 열심히 털고 있었다. 세면대에는 조그마한 샴푸와 린스 통이 널려 있었고 거품이 채수구멍에서 뽀글거리고 있었다. 화장실 내부의 두 조명 중 하나는 금방이라도 꺼져 버릴 것처럼 껌벅이고 있었다. 공포 영화의 한 장면처럼 을씨년스러운 풍경이었다.

"야, 이러다 휘영 놓쳐. 나 먼저 간다."

그때였다. 변기물이 내려가는 소리와 함께 화장실 칸막이 문이 열리더니 쥐 잡아먹은 듯 새빨간 틴트를 덕지덕지 바른 여자애가 나와 세면대로 걸어가다 우리를 발견하고는 화들짝 놀랐다.

"아이씨, 깜짝이야!"

우두커니 서 있는 우리에게 욕을 쏘아붙일 기세였다. 그와 동시에 핸드 드라이어의 굉음도 멈추었다. 보기만 해도 허리가 아픈 자세에서 천천히 상체를 일으키는 몰골이 너무 섬뜩해서 덩달아 소리를 치고 싶었으나, 대신 침을 꿀꺽 삼켰다.

"뭐야? 너희가 여기 왜 있어?"

젖은 머리를 뒤로 넘기며 미란이가 물었다. 어이없는 상황 전개에 어떤 말을 해야 할지 감이 안 잡혀 마른 입술을 꽉 깨물었다.

"너희가 여기 왜 있냐니까?"

목소리가 한층 날카로워졌다. 허여멀건 형광등 불빛 아래에서, 미란이의 얼굴이 발갛게 달아오르는 것이 보였다.

"너 찾으러 왔지."

나는 겨우 입을 뗐다. 이 상황을 설명할 사람은 오직 나뿐이었다. 미란이는 얼굴이 터질 듯 붉어졌다. 앞에서는 미란이의 얼굴이, 옆에서는 지원이의 숨소리가 나를 압박했다.

에라 모르겠다. 나는 숨을 내뱉었다.

"친구잖아."

그 말에 노려보던 미란이의 얼굴이 멍해진다. 그리고 팔짱을 끼고 있던 지원이도 고개를 돌려 날 바라보았다. 정말이지, 그 말밖에 떠오르지 않았다.

그것이 진짜 이유든 아니든 간에 이 상황을 설명할 수 있는 건, 그 단어 하나였다.

꿈이라는 이름의 문제

미란이는 혼자 남았다. 함께 있던 여자애는 어썸을 쫓아 떠나 버렸다.

"쓸데없는 짓 했다."

머리카락에 남아 있는 물기를 털며 미란이가 말했다. 나는 여기까지 오게 된 전후사정을 털어놨다.

"고작 전화 한 통 했다고 집에 들어갈 것 같으면 내가 왜 폰까지 두고 나왔겠냐."

가출을 결심한 무게만큼 미란이의 가방은 묵직해 보였다. 그래서일까, 미란이의 체구는 평소보다 더 작아 보였고 얼굴도 피곤해 보였다.

"너무 무모해."

진심이었다. 미란이는 나지막하게 비웃었다.

"휘영 오빠를 보면 난 행복해. 내가 행복하다는데 무슨 상관이야."

"제대로 밥도 못 먹고, 제대로 씻지 못하는데도 괜찮아?"

"응, 괜찮아."

미란이는 단호했다. 철벽을 둘러친 것 같은 태도에 나는 마른침을 삼켰다.

"행복하면 힘들어도 좋아."

미란이는 그 말과 함께 그 큰 가방을 다시 고쳐 맸다. 다행히, 걸음은 떼지 않았다.

길 건너의 번화가에서 사람들의 웃음이 들려왔다가 사라졌다. 최신가요가 흘러나오는 저곳은, 침묵에 싸인 이곳과 딴 세상이었다.

"자, 빚은 갚았으니 나는 간다."

무거운 침묵을 깬 건 지원이었다. 그네에 앉아 있던 지원이는 몸을 일으키며 교복을 탈탈 털었다.

"빚?"

미란이가 지원이를 바라보며 목소리를 세웠다. 지원이는 시큰둥하게 대답했다.

"지난번에, 중딩 기집애한테 현타 맞은 나를 네가 구해 줬잖아."

아아, 나는 지원이가 왜 여기까지 왔는지 그제야 알았다. 시험 기간이 아니어서라는 말은 평계였다. 미란이도 그 말은 예상 못 했는지 멍한 얼굴로 변했다.

"우리가 사생을 관둬도 쫓아다닐 애들은 넘쳐. 나 하나 없다고 해서 우리가 좋아하는 인간들이 아쉬워하진 않아."

지원이의 팩트 폭격이었다. 미란이의 눈에 불이 들어왔다. 나는 잔뜩 긴장한 채로 둘을 바라보았다.

"하지만 어썸은 널 찾지 않지만, 너희 어머니는 널 찾잖아."

미란이는 표정이 묘하게 일그러졌다. 지원이는 여전히 표정이 없었지만, 목소리는 낮게 가라앉아 있었다.

"참고로, 난 오늘 에리카 헤어숍에 있는 것도 놓쳤고 우리 엄마한텐 쫓겨났어. 어쨌든 넌 오늘 집에 돌아가도 엄마가 반겨 주실 거 아냐."

지원이는 그 말을 남기고 등을 돌려 걸음을 옮겼고, 미란이는 어깨를 들썩이며 거칠게 호흡하고 있었다. 눈동자가 점점 붉어지는 걸 본 내가 미란이를 부르려던 그때였다.

"내가 너한테 미안하다고 해야 하냐!"

미란이의 목소리가 허공을 가르며 흩어졌다. 거친 목소리에 지원이는 걷던 걸음을 멈추었지만 고개는 돌리지 않았다.

"오늘 에리카 못 보게 해서 미안하다고 해야 하냐! 너네 엄마한테 쫓겨나게 해서 미안하다고 해야 하냐고! 난 오늘 행복했어! 난 니가 필요 없었다고!"

터진 둑에서 물이 쏟아지듯, 미란이는 울분을 토해 냈다. 아까까지 견고한 철벽에 자신을 가두었던 미란이가 한순간에 그 벽을 허

물고 자신을 뱉어 내고 있었다.

"니들이 날 안 찾았으면 계속 행복했을 거야! 비참하지 않았을 거야! 난 원치 않았어! 누가 날 찾아 달래!"

귓가를 매섭게 휘몰아치는 미란이의 외침에 난 아득해졌다. 다가가 토닥여 주고 싶었지만, 한 발자국도 움직일 수 없었다. 가로등 불빛도 제대로 비추지 않는 쓸쓸한 놀이터에는 미란이의 외침만 남았다. 울분을 토해 낸 미란이는 거친 숨소리를 내며 그 자리에 쪼그려 앉았다. 차가운 밤바람이 훅하고 놀이터를 휘돌았다. 계절이 지난 미란이의 얇은 후드티만 안쓰럽게 들썩였다.

"니가 정말로 필요했던 때는, 오늘이 아니야."

잠시 후, 미란이는 한풀 꺾인 목소리로 말했다.

"2년 전 겨울에, 너무 춥지만 갈 곳이 없어서 은행 ATM 안에서 떨었던 그날…. 그날 난 니가 필요했어."

나는 무슨 소린지 몰라 둘을 번갈아 보았다.

"언제 휘영 오빠가 나올지 모르고, 언제 에리카가 나올지 모르는 상황이어서 그 유리벽 안에 있었던 게 아냐. 그날은, 우리 아빠가 짐을 싸서 나간 날이었어."

지원이의 눈이 미세하게 떨렸다. 미란이는 힘겹게 말을 이어 나갔다.

"휘영 오빠를 보면, 서러운 마음 다 잊을 수 있을 것 같았어. 그래서 난 너한테 같이 있어 달라 부탁했었어."

지원이의 눈이 초점을 잃었다. 처음 보는 표정이었다. 지원이는 하얗게 질려 갔다. 아마도 미란이와의 기억을 떠올린 듯했다.

"하지만 그날 넌 내 곁을 떠났어. 덕분에 난 학교도 안 나가고 사생짓을 하는 무개념으로 전락했지. 넌 우리 사이에 줄을 그었어."

미란이는 두 손을 들어 얼굴을 감쌌다.

"그날, 딱 하루만… 이기적인 내 옆에 있어 주길 바랐어."

'이기적'.

그 말과 함께 미란이는 어깨를 들썩였다. 그 말의 무게가 우리를 짓눌렀다. 우리 셋은 자유롭지 못했다.

느닷없이 미란이를 찾아온 우리의 행동은 미란이에게 이기적이었고, 행복하면 아무래도 상관없다는 미란이도 이기적이었다. 우리는 이기적으로 행동하며 상처를 덜 받으려 했고, 동시에 주변에 상처를 주었다.

초가을의 저녁 바람이 쌀쌀했다. 떨어진 기온만큼, 마음도 시렸다. 난 내 앞에 있는 두 사람을 바라보았다. 한 명은 주저앉아 상처받은 마음을 끌어안고 있었고, 다른 한 명은 자신의 마음이 어떤지 가늠이 안 되는지 허망한 표정을 하고 있었다. 나는 불편했다. 두 사람의 모습을 똑바로 바라보기가 힘들었다.

"있잖아, 나 배고픈데…"

둘이 불편한 건, 나 역시 이기적이어서 그럴지 몰라. 그래, 그러니까 난 끝까지 이기적으로 굴어야겠어.

"저녁 먹으러, 우리 집에 갈래?"

지친 저 둘을 데리고, 이곳을 벗어날 수 있는 최선의 방법이었다. 내 제안이 당황스러운지, 미란이도 지원이도 대답이 없었다. 다시 밤바람이 휘돌았다. 그 바람을 피해, 나는 걸음을 옮겼다. 놀이터를 가로질러 입구로 몸을 돌렸을 때, 나의 뒤에서 두 사람의 걸음 소리가 들렸다.

처음으로 나의 이기심이 통한 순간이었다. 그리 기분이 나쁘지 않았다.

*

우리 집 냉장고에는 언제나 먹을 게 있다. 배가 고프면 예민해지는 동생 때문이다. 컴퓨터 앞에서 피자를 먹고 있던 녀석은 내가 낯선 두 사람과 함께 집에 들어오자 엄청시리 당황했다. 그도 그럴 게, 난 살면서 친구를 집에 데려온 적이 한 번도 없다.

금요일 저녁에 엄마와 아빠는 항상 늦었다. 허락을 받을 생각도 없었지만 맘이 편하다.

"야, 너 방에 진짜 책밖에 없다. 이런 무공해 청정지역은 처음이네."

내 방의 침대를 가장 먼저 점령한 건 미란이었다. 아까까지 공원에서 울던 애는 어디로 가고 없었다. 내 방을 쭉 스캔 하고는, 심심

할 땐 대체 뭘 하냐며 닦달한다. 허허, 참으로 빠른 태세 전환일세. 그러자 이번에는 지원이가 뚱하게 책상 앞에 앉았다.

"너 문제집이 별로 없네? 뭘로 공부해?"

뭐, 이런 극과 극의 평가가 다 있냐. 방을 보면 그 사람을 알 수 있다더니, 난 재미도 없고 공부도 못하는 인간이구나. 불쌍한 내 자존감. 그러거나 말거나 둘이 갈아입을 옷을 찾기 위해 나는 옷장 서랍을 열심히 뒤졌다.

"라면 먹을래?"

"아니, 밥."

"나도."

당당히 밥을 요구하는 지원이에게 미란이가 맞장구를 쳤다. 이건 무슨 놈의 찰떡 호흡이냐. 아까까지 서로를 향해 으르렁거리던 애들이 맞냐고. 결국, 난 둘에게 외할머니가 보내 주신 묵은 김치를 꺼내어 볶음밥을 해 줬다. 프라이팬 위에서 계란 세 개가 지글거리며 익어 갈 때, 두 사람이 방에서 슬며시 얼굴을 내밀었다. 내 옷을 입고 내 방에서 내가 만든 음식을 기다리는 친구가 있다는 게 좀 웃긴다.

"너 요리 잘한다."

이걸 셋이서 다 먹을 수 있을까 몰라. 산처럼 쌓인 볶음밥을 내려놓자 미란이가 제일 먼저 다가왔다. 배가 많이 고팠었는지 숟가락으로 듬뿍 퍼서 입으로 가져간다. 완전 뿌듯하다.

"동생을 상전으로 두면 하기 싫어도 하게 돼."

"아하, 난 형제가 없어서 맨날 사 먹는데."

"형제가 많아도 맨날 사 먹어."

나의 말에 대꾸하는 미란이 옆에서 지원이가 말했다. 지원이도 만만치 않게 한 움큼 수저로 퍼서 입에 넣고 있었다. 그런 지원이를 빤히 보며 밥을 찹찹 씹던 미란이가 물었다.

"너 동생이 둘이었나?"

"응, 여동생 그리고 남동생."

미란이와 지원이가 스스럼없이 대화하는 모습이 참 편안해 보인다. 함께 먹는 밥 때문이려나. 오늘 따라 볶음밥이 맛있게 잘되어서 기분이 좋군.

"너는 아빠 자주 만나?"

"별로, 많아야 한 달에 두 번 정도?"

이번에는 지원이가 물었다. 나는 수저를 입에 물고서 가만히 둘의 대화에 귀를 기울였다.

"너희 엄마는 뭐라 안 하셔?"

"싫어하지. 그래도 아빠를 만나야 양육비를 받으니까."

양육비라는 말에 지원이는 동감한다는 듯 고갤 끄덕인다. 난 전혀 몰랐던 둘의 가족 이야기를 들으며 둘을 가만히 지켜보았다. 가슴 한구석에서 몽글거리며 따뜻한 기운이 피어오르는 느낌이다.

"밥 안 먹어?"

미란이가 도토리를 입에 문 다람쥐처럼 양 볼에 가득한 밥을 오물거리며 묻는다. 그 모습에 내 입꼬리도 올라간다. 먹어야지, 왜 안 먹냐. 숟가락을 부딪쳐 가며 열심히 냄비 바닥까지 긁어 먹으니 점점 배가 불러 온다. 어느새 우리는 나란히 드러누워 배를 두드렸다.

"어머니께 연락 안 드려도 괜찮아?"

미란이는 잠시 말이 없더니 '내일 간다고 전화 했어.'라고 대꾸한다. 폰이 없는데 어떻게 전화를 했을까. 슬쩍 지원이를 보는 게 핸드폰을 빌린 모양이다. 휴, 안도의 한숨을 내쉬었다.

그렇게 한동안 하는 일 없이 빈둥거리다가, 지원이가 먼저 일어나 자신의 가방을 뒤적거리더니 책 두 권을 꺼내서 내 침대에 엎드렸다. 영어 문제지였다.

"너 진짜 매일 공부하는구나."

중얼거리는 나의 말에 뿔테 안경을 꺼내어 쓰던 지원이가 무심히 대꾸한다.

"이렇게라도 안 하면 진작 호적 파였어."

세차게 문제집을 넘기는 포스에 나는 얌전히 고개를 돌렸다. 미란이도 바닥에 깔아 놓은 이불 위에서 가방을 열었다. 그러고는 다이어리와 각종 필기구 그리고 작은 상자 하나를 꺼냈다. 상자 안에는 어림잡아도 몇 백 장은 되어 보이는 사진들이 있었다. 난 눈이 휘둥그레졌다. 저게 뭐냐. 모두 어썸의 리더, 휘영의 사진이었다. 미란이는 그중 하나를 골라 다이어리를 펼쳤다.

미란이의 다이어리에는 예쁜 글씨와 함께 캐릭터가 그려져 있었다. 진심 무슨 잡지 속 광고 같았다. 필체가 얼마나 섬세한지 컴퓨터로 인쇄한 줄 알았다. 벙찐 내 표정에 미란이는 어깨를 으쓱였다.

- 휘영 오빠가 오늘 엄청 피곤해 보였다. 음방에서는 반짝반짝 빛이 나는데. 오빤 빛나려고 힘든 시간을 보내나 봐. 나는 오빠한테 아무 힘도 못 되어 줘서 슬프다…ㅜㅠㅠ

- 휘영 오빠가 뮤비에서 신은 신발이 넘 이쁜데 넘 비싸. 엄마는 싫어하니깐 말도 못 한다. 근데 아빠한테 말했더니 생일선물로 준댔다. ^^ㅋㅋ 오빠랑 같은 신발을 신는다니 진짜 행복해. 아빠랑 살았으면 더 행복하게 덕질을 했을까?

예쁜 글씨와 그림 사이에 미란이의 일기는 아이돌을 향한 마음으로 가득했다. 한 장 또 한 장 넘길 때마다 미란이의 손때와 정성이 고스란히 묻어났다.
"말로만 듣던 랜덤 박스구만. 이게 24만 원이나 한단 말이지."
고작 사진이 뭐요? 얼마라고요?
어느새 다가와 사진을 뒤적이는 지원이의 말에 난 기절할 뻔했다. 그러자 미란이의 눈에 힘줄이 돋는다. 그런데, 이번에는 지원이가 순순히 물러난다.

"그래도 그 홈마가 사진은 잘 찍네."

거기에 미란이의 눈은 누그러진다. '우리 오빠가 잘생겨서 그래.' 라고 한마디 덧붙이자 지원이는 '흥' 하고 코웃음을 치며 다시 침대 위로 올라간다.

"저번에 회사 앞에서 나랑 인사했던 홈마 언니 기억해? 그 언니 한테서 산 거야."

"그, 그렇구나."

미안, 그 언니한테 네가 있는 곳을 알아냈다는 말은 차마 못 하 겠다. 미란이는 자신이 고른 사진을 다이어리에 붙이고 필통을 열 어 펜을 고른다.

"덕질 일기야, 나 벌써 3권째다?"

흠, 이런 걸 '덕질 일기'라고 하는구나. 미란이는 고민에 고민을 거듭하여 펜 하나를 고르더니 공책을 펼쳐 끄덕이더니, 내게 보여 주었다.

"어떤 게 더 예뻐?"

'고마워'라는 말이 두 가지 필체로 적혀 있었다. 난 기분이 좋았 다. 처음 게 더 예쁘다고 해 주었더니 미란이도 기분 좋게 웃었다. 미란이는 다시 섬세하게 글씨를 써 내려갔다. 그 모습을 한참 지켜 보던 나는 문득 궁금해졌다.

"오늘 진짜 행복했어?"

미란이가 글씨를 쓰던 손을 멈추고 나를 돌아본다.

"네가 그랬잖아. 오늘 널 찾지 않았으면 계속 행복했을 거라고."

미란이는 펜을 내려놓더니 턱을 괴고 가만히 생각한다.

"… 아니."

나는 좀 더 가까이 다가가 귀를 기울였다.

"첨에는 휘영 오빠를 실물로 보고 싶어서 시작했는데, 언제부턴가 함께 있는 사람들 사이에서 자리를 지키고 있더라."

미란이는 쓸쓸하게 웃었다.

"엄마는 무시하는데, 그 사람들은 날 이해해 주니까. 사실, 가출하고 휘영 오빠는 거의 못 봤어. 그나마 휘영 오빠를 같이 좋아하는 사람들과 함께해서 버틸 수 있었어."

미란이는 다시 펜을 들어 공책에 글씨를 써 내려갔다.

"오늘 차를 얻어 탔거든. 그 차에 나 말고도 5명이 더 타고 있었어. 뒷좌석에 짐짝처럼 구겨져서 타고 있는데, 어떤 언니가 말했어. 자기는 어썸 숙소에 경비를 뚫고 안에 들어가 본 적이 있다고. 그러니까 다른 언니는 어썸이 외국 나갈 때 비행기 옆자리에 탄 적 있다고 하더라."

침대 위의 지원이가 문제집을 넘기는 소리가 멈추었다.

"어떤 언니는 휘영 오빠 부모님하고 만난 적이 있다고 말했어. 그 차에 타고 있는 6명 모두가 휘영 오빠를 좋아하는데, 누가 더 휘영 오빠에게 가까이 다가갔었는지 자랑했어. 가장 가까이 다가간 사람이 승자였고, 모두가 부러워했지."

미란이는 깊게 한숨을 내쉬었다. 표정도 금세 어두워졌다.

"내가 너무 하찮았어. 왜냐면, 일기를 쓰는 게 전부거든."

하찮다니, 다이어리가 얼마나 예뻤는데. 난 미란이를 위로하고 싶었지만 미란이가 계속 말을 이어 나갔다.

"아까 화장실에서 나랑 같이 있던 여자애가 마지막으로 말했어. 자기는 어썸 숙소에 들어가 보는 게 꿈이래. 숙소에 들어가서 자기를 기억하게 만드는 게 꿈이라는 거야. 그 말에 모두 재밌다고 웃었지."

무슨 말을 해야 할까. 지원이도 안경을 벗으며 한숨을 뱉는다.

"근데, 웃긴 건 뭔지 알아? 나도 웃었다는 거야. 웃지 않으면 배신자가 되는 공간이었거든."

미란이는 소리 내서 웃어 보였다. 나도 지원이도 웃지 못했다.

"범죄를 저지르면서까지 오빠에게 기억되고 싶냐고 말하지 못했어."

여전히 웃고 있었지만 눈은 발갛게 달아올라 있었다.

"나도 가끔은 휘영 오빠가 날 알아만 준다면 감옥에 가도 좋다고 생각했었으니까."

"뭐어? 진짜?"

화들짝 놀라는 날 향해 미란이는 '진짜 감옥에 갈 짓을 내가 하겠냐.'고 핀잔을 준다. 어우, 야. 그렇게 진지하게 말하면 믿게 되잖아. 난 가슴을 쓸어내렸다. 지원이는 문제집을 끄적이고는 있지만, 분명 문제를 푸는 모양새는 아니었다.

"그럼 너의 진짜 꿈은 뭔데?"

내가 묻자 미란이는 바로 대답했다.

"성덕."

고개를 갸웃하는 내게 미란이는 다시 힘을 주어 말했다.

"범죄자가 될 수는 없으니까, 성공한 덕후가 돼서 오빠에게 내 이름을 알릴 거야."

아, 성공한 덕후였구나. 나는 그 말을 누구에게 처음 들었는지 기억이 났다.

"너도 꿈이 성덕이랬지?"

침대 밑의 시선이 지원에게 꽂힌다.

"쟤도 꿈이 성덕이래? 넌 뭘로 성공하게?"

목소리의 옥타브가 높아졌다. 문제집에 샤프로 색칠놀이를 하던 지원이가 고개를 돌렸다.

"너부터 말한 다음에 묻는 게 예의 아니냐?"

미란이는 뱀눈을 하며 입을 삐죽였다.

"켈리그라퍼 될 거다, 됐냐!"

미란이가 울컥하자 지원이는 코웃음을 친다.

"광고 회사에 들어가겠다고? 그러면서 공부를 그렇게 안 하냐?"

"성적 가지고 시비 걸지 마!"

미란이는 볼펜을 지원이에게 던진다. 꽤 속도가 붙어서 날아간 펜이지만 지원이는 고개를 숙여 여유롭게 피했다.

"내 성적에 보태 준 것도 없으면서, 재수 없게!"

이 덕후들아, 제발 내 방에서 싸우지 말라고.

"보태 주면 시비 걸어도 되냐?"

"뭐야?"

"영어는 가르쳐 줄게. 광고학과를 가든, 디자인과를 가든 영어는 필수잖아."

정말 예상치 못한 말에 미란이와 나는 벙쪄 버렸다. 지원이는 지가 말해 놓고 민망한지 다시 까칠하게 말했다.

"싫으면 말고. 시간 남아돌아서 가르쳐 주는 거 아니니까."

그 말과 함께 다시 자신의 문제집을 색칠한다. 저러다 찢어지겠네. 쑥스러워서 일부러 그러는 게 눈엔 다 보인다. 미란이는 한참 말이 없다가 이불 위에 엎드리더니 '그러든지'라며 조그맣게 제안을 받아들였다. 그러고는 다시 목소릴 높인다.

"자, 이제 너도 말해."

지원이는 이번에도 긴 한숨을 내쉬더니 샤프를 문제집 위에 탁 소리 나게 내려놨다.

"변호사."

오, 법대에 가려는 게 변호사가 되기 위해서였구나. 쟤라면 충분히 변호사가 될 수 있을 거 같아. 근데, 미란이는 나와 생각이 다른 모양이다.

"변호사가 된다는 애가 그렇게 싸가지가 없어서 어떡해?"

나도 모르게 웃음이 터졌다. 지원이는 눈을 매섭게 치켜떴다.

"변호사하고 싸가지가 무슨 상관이야?"

"그렇게 싸가지가 없는데 누가 널 찾아?"

파리만 날리겠지. 마지막으로 쐐기를 박는 미란이의 말에 나는 더 이상 참을 수 없었다. 저 잘난 우등생이 시크 한 얼굴로 파리를 쫓는 모습이 떠올라 크게 웃어 버렸다. 나의 웃음에 미란이는 의기양양해졌고 좀처럼 변화가 없는 지원이의 얼굴이 붉어진다.

"웃기냐? 웃겨?"

지원이가 나를 향해 퉁명스레 몰아붙였다. 나는 눈물까지 흘리며 끅끅거렸다.

"아, 미안. 파리와의 콜라보가 너무 웃겨서…."

그렇게 나는 다시 한 번 박장대소를 했다. 미란이는 옆에서 '아이, 고소해.' 하며 키득거렸다. 눈물을 훔치며 겨우 웃음기 가신 얼굴로 지원이에게 사과했다. 대신 냉장고에서 아이스크림 한 통을 꺼내 왔다. 간식이 사라지는 게 영 못마땅한 동생의 시선을 뒤로하고 방으로 향하는 내 걸음걸이는 어느 때보다 가벼웠다.

"변호사가 되면? 어떻게 성덕이 되는데?"

우리 셋은 아이스크림 스푼을 들고 머리를 마주 댔다. 미란이의 말에 지원이가 대꾸했다.

"고소할 거야."

이건 또 뭔 말이래. 지원이는 자기 앞으로 커다란 아이스크림 구슬을 만들어 수저로 퍼 올렸다.

"에리카 기사에 악플 다는 인간들이랑 악성 루머 퍼트리는 인간들 전부 싹 고소할라고."

헐, 그게 변호사가 되겠다는 이유라니. 저 커다란 아이스크림을 한 입에 넣는 기세라면 충분히 그러고도 남겠어. 나는 진심으로 박수를 쳤다. 그러자 미란이가 시큰둥하게 말했다.

"흥, 난 휘영 오빠를 위한 광고 만들 거야."

미란이는 자기한테도 박수를 쳐 달라고 요구했고, 나는 또 열심히 박수를 쳤다. 와자지껄하게 아이스크림 한 통을 완전히 비우고 나서야 우리는 자리를 정리했다. 지원이는 내일 지구가 멸망한다 해도 반드시 푼다는 영어 문제집을 내던지고 침대에 누워 버렸고, 미란이는 손에서 놓아 본 적 없다는 덕질 일기를 다시 가방에 집어넣고서 이불 속으로 들어갔다.

둘은 무척이나 편안해 보였다.

불을 끄자 얼마 지나지 않아 미란이가 도로롱 콧소리를 내며 잠들었다. 지원이 역시 숨소리가 고른 게 그새 잠든 모양이었다. 하지만 나는 잠이 오지 않았다. 책상 위 스탠드를 흐릿하게 켜 두고서, 나는 의자에 앉았다.

나는 가방에서 구겨진 설문지를 꺼내 조심스레 펼쳤다.

"꿈."

남들은 쉽게 말하는 꿈이 내겐 없다. 이런 나를 어떻게 생각할까.

꿈이 없는 사람이 어딨냐고 타박하려나. 내 방에서 곤히 잠든 저둘과 얘기를 해서 그런지 몰라도, 한 번 해 보고 싶다. 아직 무엇을 하겠다는 목적어는 불투명하지만, 뭐든 해 보고 싶다.

나는 샤프를 꺼냈다. 그리고 종이의 빈 공간을 조금씩 채워 나갔다. 이 글이 숙제가 아니라 나의 진심이 되었으면 좋겠다.

그게 처음으로 내가 꾸었던 꿈이었다.

누구에게나 빈틈은 있다

중간고사 기간에 접어들자, 애들은 책상에 고목나무의 매미마냥 붙어 있었다. 다들 아닌 척해도, 미래가 걱정되긴 되나 보다. 물론, 그중에는 어차피 망한 성적인데 공부해 봤자 뭐가 달라지냐는 현실주의자도 있고, 예체능이라서 실기 학원 간다고 조퇴 신청을 하는 독고다이도 있다. 그날 이후, 난 여전히 그 애들과 사이가 크게 좁아지거나 학교에서 함께 다니는 일은 없었다. 우린 SNS에서 팔로우 신청도 안 하고, 친분을 과시하며 셀카를 찍고 놀러 다니지도 않았다. 하지만, 그래도 달라진 게 있긴 하다.

「나 이번 주부터 디자인 학원 다닌다.」

미란이의 카톡이 와 있었다. 미란이는 그날 이후, 정말 마음먹고 디자인 공부를 하겠다고 결심을 했다. 비록 많이 늦어서 미대 진학은 어렵지만 디자인 공부를 하겠다는 마음은 변치 않았고, 결국 엄마의 허락도 받아 낸 모양이다. 나는 덩달아 기뻤다. 축하한다는 말을 하려는데 그 사이에 다시 카톡이 올라왔다.

「영어 단어나 잘 외우시지. 학원 다닌다고 핑계 대면 안 가르쳐 준다.」

문자에서도 까칠함이 뚝뚝 떨어지는 정지원이시다. 그러자 미란이는 내가 언제 핑계를 댔냐, 잔소리하지 마라, 재수 없다 등등 카톡 폭탄을 날렸다. 투덕거리는 두 사람을 보고 있으니 자꾸 웃음이 새어 나왔다. 우리 세 사람은 카톡 단체방을 만든 사이가 된 거다.

이게 어찌 된 일이냐면, 지원이가 약속한 영어 공부가 문제였다. 지원이는 '니가 진짜 성실하게 하겠냐?'라고 의심했고, 미란이는 '니가 날 면박 안 주고 가르치겠냐?'라고 의심했다. 결국, 둘은 나를 증인으로 세우고 단체방을 만들었다. 지원이는 '최대한 싸가지 있게 가르치기'를, 미란이는 '수업 절대 안 미루기'를 약속했다. 서로를 향해 너나 잘하라는 투덕거림은 마지막 옵션이었다.

그런데, 생각보다 둘은 잘 지냈다. 저번 주 처음 했던 영어 공부도 무사히 끝냈다. 고고하신 선플라워 덕후 정지원은 약속대로 싸가지 있게 첫 과외 제자를 가르쳤고, 이제 막 꿈을 이루기 위한 발을 내

딘은 어썸 덕후 최미란은 용케 그 가르침에 토를 안 달고 잘 따랐다.

둘이 카톡에서 대화를 나눌 때면, 나는 왠지 흐뭇했다. 그리고 문득, 내가 두 사람과 친구가 된 걸까 하는 생각이 들었다. 하지만 굳이 거기에 대해 크게 생각할 필요는 없다 느꼈다. 우리 집에 두 사람이 왔을 때, 나는 엄청 즐거웠다. 둘과 함께하는 시간이 즐겁다면 꼭 친구라고 꼬집어 정의 내리지 않아도 좋지 않을까.

나는 '디자인 공부 파이팅!'이라고 카톡을 했다. 그러자 미란이가 '응, 너도 파이팅!'이라는 답장을 했다. 그랬다, 그날 이후에 나에게도 자그마한 움직임이 있었다.

"너 오늘 그 과외 하는 날이야?"

책가방을 정리하는 내 옆으로 시내와 민지가 다가왔다. 민지의 물음에 나는 고개를 끄덕였다. 자신이 먼저 소개해 놓고 정작 민지는 못하겠다 포기를 했고, 나를 부추겼던 시내도 소중한 멘탈이 깨지고 싶지는 않다 도리질했다. 결국, 과외를 신청한 건 아주 의외의 인물인 나뿐이었다.

"진짜 말 안 해 줄 거야?"

"그날 왜 정지원이랑 둘이 급하게 나갔어?"

시내와 민지가 나를 추궁하기 시작했다. 접점이라고는 일도 없는 정지원과 갑자기 사라진 게 둘은 너무도 궁금했던 모양이다. 선플라워 콘서트 티켓 때문이라고 둘러댔지만, 둘은 의심의 눈초리를 거두지 않았다. 하긴, 나라도 궁금했겠다. 그렇다고 미란이의 가출

때문이라고 사실대로 말할 순 없으니까.

어렵사리 둘을 집에 가는 버스에 태워 보내고, 나는 걸었다. 점점 짙어지는 가을바람이 제법 신선했다.

미란이의 가출에 대해서는 그 뒤 들은 게 없었다. 왜 가출을 했냐고 묻지도 않았다. 짐작에는, 엄마와의 문제 때문이지 않을까 싶었다. 택시를 타고 기획사로 가던 날도 그렇고, 일기에 적혀 있던 내용도 그랬으니. 뭐, 언젠가는 이야기해 주지 않을까. 그날이 오면, 나는 차분히 들어 주면 되겠지.

과외 선생을 만나기로 한 카페에 들어선 나는 노트를 꺼냈다. 노트에는 나의 자기소개서가 빼곡히 적혀 있었다. 내가 이 과외를 시도할 용기를 낸 건 지원이와 미란이 덕분이었다. 두 사람처럼, 나 역시 '꿈'을 갖고 싶었다. 그러기 이전에, 당장 눈앞으로 다가온 대학 입시와 연결 짓지 않을 수 없었다. 대학에 가면 꿈을 찾고 이룬다는 보장이 없지만, 그래도 입시 서류에 쓸 말이 하나 없는 인간은 되기 싫었다.

내가 어렵게 아빠에게 말을 했을 때, 분명 반대를 예상했지만 의외로 아빠는 순순히 듣고 있었다. 그러고는 한마디를 덧붙였다.

'이제야 니가 정신을 차렸구나.'

참나, 난 몹시 아니꼬웠지만 일단 과외를 시켜 준다니 말대꾸하고픈 마음을 꾹 눌렀다.

"오, 많이 썼네? 한번 볼까?"

나에게 멘붕을 안겨 주었던 과외 쌤은 생각보다 더 독설가였다. 과외를 하고 싶다고 전화했을 때, 성적도 나쁘고 잘하는 게 없어서 걱정이라는 내게 '걱정할 시간에 움직여.'라고 대꾸했다. 쌤은 내 노트를 주욱 읽어 내려갔다. 마음의 준비를 했지만 막상 내 자기소개서를 읽는 쌤을 보며 나는 심호흡을 했다.

그런데, 한참을 읽던 선생님의 반응은 의외였다.

"너 글 잘 쓴다."

"예?"

칭찬에 멍 때리는 모습을 보고 선생님은 '잘 쓴다는데 반응이 그게 뭐냐.'라며 크게 웃었다. 나는 어안이 벙벙해졌다.

"너 의외로 생각이 깊다. 책은 좀 읽은 모양이네. 나중에 글 쓰는 일을 해 보지 그래?"

태어나 처음으로 들은 칭찬이었다. 긴장감으로 뛰던 심장이 나중에는 묘한 희열감과 뒤섞여 널뛰었다. 글을 쓴다는 걸 생각해 본 적이 없었기에 좀 어리둥절했지만 기분이 나쁘지는 않았다. 글솜씨를 늘리려면 더 다양한 책을 읽으라는 타박에도 힘이 솟았다. 무엇이든 할 수 있을 것처럼 에너지가 몸속 깊은 곳에서 꿈틀거렸다.

두 사람한테 얘기하고 싶어서 견딜 수가 없었다.

"지원이는 교장 추천서 받을 것 같대?"

과외를 끝마치고 가방을 정리하는 내게 쌤이 물었다. 처음 듣는 얘기에 고개를 갸웃거렸다.

"추천서요? 그런 얘기는 못 들었는데요?"

"다른 애와 경쟁이 붙을 것 같다고 말했었는데…. 뭐, 걔는 알아서 잘하겠지."

지원이는 과외를 끝낸 상태였다. 그래서 지원이의 소식을 궁금해하는 것 같아 나는 만나면 물어보겠다고 대답하고 헤어졌다. 하지만 곧장 집으로 안 가고 근처 서점으로 갔다. 지갑 속에 구겨 놓았던 현금과 문화상품권을 탈탈 털었다. 쌤이 읽으라고 추천한 책도 고르고, 내가 읽고 싶은 책도 골랐다. 그것만으로도 뭔가 대단한 일을 시작한 느낌이었다.

봉투에 책을 한아름 담고 버스 정류장에 서 있는데 카톡이 울렸다. 열어 보니 미란이었다.

「나 지금 폰 용량 정리하는 중임. 근데 이게 뭐게?」

이런 카톡과 함께 동영상이 하나 올라와 있었다. 그 동영상은 예전에 소속사 앞에서 선플라워 매니저와 실랑이하던 지원이의 모습을 찍은 거였다. 그래, 이런 일도 있었지. 그땐 내가 얘들과 연락을 하며 지낼 거라곤 꿈에도 몰랐는데.

「이건 또 뭐야? 당장 지우지 못해?」
「ㅋㅋㅋㅋㅋㅋ 어차피 용량 때문에 지울 거다, 흥.」

지원이가 화난 이모티콘을 연달아 보냈다. 거기에 미란이는 웃는 이모티콘으로 응수한다. 참 귀엽다니까. 언제부턴가, 둘의 대화 속에 낯선 비난은 사라졌다. 투덕거리긴 해도 격려와 응원 같은 게 섞여 있었다.

나는 버스에 올라타고 둘에게 카톡을 보냈다. 나도 꿈을 찾은 거 같다는 메시지를 보내고서 뒷좌석에 앉았다. 그리고 창가를 바라보며 잠시 쉬려는데, 누군가 나의 어깨를 톡톡 두드렸다. 아주 의외의 얼굴이 나를 내려다보고 있었다. 우리 반 반장, 지혜였다.

"옆에 앉아도 돼?"

학교가 아닌 밖에서 마주친 터라 잠시 당황하는 내게 지혜는 물었다. 웃는 저 얼굴에 싫다고 할 사람이 누가 있으려나. 나는 앉으라고 책가방을 치워 주었다. 빈 좌석이 있는데도 불구하고 내 옆에 앉겠다는 건 대화가 하고픈 거겠지.

"이제 집에 가는 거야?"

"응, 과외가 방금 끝나서…"

어색한 목소리로 우물거리는 나의 말에 '나도 학원 끝나고 가는 길인데.'라며 살갑게 웃는다. 생각해 보니, 얘와 이렇게 붙어 앉아 이야기를 하는 건 처음이었다.

"와, 책 엄청 많이 샀네? 다 읽을 거야?"

내 무릎 위에 얹어진 책 봉투를 들여다보며 묻는 말에 나는 부끄러웠다.

"대단하다, 나는 학생부에 독서활동을 기록해야 해서 억지로 읽은 책이 전부거든."

지혜가 밝게 웃으며 말했다.

"요즘 최미란하고 친하게 지내?"

지혜는 나를 향해 '아니야?'라고 되물으며 여전히 웃고 있었다. 미란이와 학교에서 딱히 친하게 지낸 적이 없는데, 어떻게 알았는지 묻고 싶었지만 입이 안 떨어진다.

"친하게 지내면 좋지, 뭘."

그거야 그렇긴 한데, 뭔가 기분이 묘하다. 내가 미란이와 친분이 생긴 걸 어찌 알았냐고 되묻는 것도 이상하지만, 이렇게 미란이를 콕 집어서 물어 오는 것도 이상해. 대답 없는 나에게 지혜는 재차 말을 걸었다.

"그저께, 영어 프린트를 나누어 주려는데 미란이가 없었거든. 시험에 나오는 거라서 전화했더니 너한테 맡겨 달라고 하더라. 그래서 알았어. 미란이가 너를 많이 신뢰하고 있구나."

등줄기가 약간 서늘해졌다. 그랬다. 그저께 시험에 나올 내용이라며 나눠 받은 프린트가 나에게는 두 장 전해졌었다. 왜 내게 두 장이 왔는지 궁금하지도 않았다. 중요하다니까 여러 장 있으면 좋은 거라 생각했다. 심지어 미란이도 내게 프린트를 받으러 따로 찾아오지도 않았다. 아마도 잠시 잊었겠지만, 그 사소한 일로 나와 미란이의 사이를 짐작할 줄이야.

"나 미란이하고 같은 중학교 나왔어."

역시 지혜가 웃으며 말했다. 놀라움의 연속이네. 그러고 보니, 미란이가 예전에 '반장 싫어해.'라고 말했던 적이 있었다. 그리고 반장이 내가 티켓 땜에 골머리 앓고 있을 때 너무 가까이하지 말라고 충고했던 적도 있고 말이다.

그래, 미란이가 무슨 일을 하고 다니는지 알고 있는 사람이 여기 또 있었구나.

거기까지 생각이 미치자 나는 무슨 말을 해야 할지 몰랐다. 내가 미란이의 이중생활에 대해서 먼저 말한 건 아닌지만 영 마음이 불편했다.

"중학교 3학년 때 같은 반이었어. 잠깐 친해진 적이 있었는데 지원이도 그때 처음 봤어."

나는 심장이 쿵 내려앉았다. 지원이 이름까지 나오자 입이 타들어 간다. 가슴이 답답하고 숨쉬기 힘들어진다.

"왜 나한테 그 얘길 하는 거야?"

나의 물음에 지혜는 '응?' 하고 반문하더니 여전히 아무렇지 않다는 듯이 배시시 웃었다.

"그냥."

그 말에 나는 머릿속으로 정류장이 얼마나 남았는지 계산했다. 이 자리에 계속 앉아 있고 싶지 않았다. 반장의 저 친근한 웃음 뒤에 무언가가 도사리는 느낌이었다. 나의 망상이라고 치부하고 싶어도, 이 아이가 나에게 어떤 의도를 가지고 떠보는 게 느껴졌다.

"중학교 때 미란이는 많이 예민한 애였어. 상처가 많아서, 진심으로 충고를 해 줘도 듣지 않았어. 오히려 화를 냈지. 잘못된 일을 잘못되었다 말을 해 준 게 견디기 싫었나 봐. 그 뒤로 많이 어색해졌어."

지혜는 미란이에 대해 어쩌면 나보다 더 잘 알고 있을지도 몰랐다.

"지금도 많이 안타까워. 잘못된 일을 계속하는 거 같아서. 아직 집에서 받은 상처가 아물지 않았구나 하는 생각도 들고."

그제야 나는 뭣 때문에 지혜가 불편한지 깨달았다.

"그 잘못된 일이, '사생'을 말하는 거야?"

빙빙 돌리는 자신에게 단도직입적으로 말하는 내가 좀 놀라웠나 보다. 두 눈을 깜박이고는 이내 다시 웃는다.

"너도 알고 있네?"

체한 듯 가슴 언저리에 응어리가 걸렸다. 답답해서 숨을 내쉬는 내게 지혜가 말했다.

"연예인의 사생활을 따라다니는 일이라니. 내 상처가 힘들다고 해서 타인에게 상처를 주면 안 되잖아. 나는 미란이가 스스로 이겨 내길 바랐어. 세상에 힘든 사람이 얼마나 많은데, 다른 일로 행복을 찾으면 안 되느냐고 부탁했지."

구구절절 맞는 말을 하고는 있는데, 왜 이리 가슴이 답답하지. 아무리 숨을 쉬어도 나아지지 않는다. 지혜는 말을 멈추고 나를 지켜보았고, 난 아무 말도 하지 않았다. 잠시 후, 지혜는 웃으며 '말이 많았지, 미안.'이라며 사과한다.

"미란이 정말 착한 애잖아. 인사는 하고 지내고 싶어. 기회 되면 내 마음을 꼭 전해 줘."

"그래."

짤막한 나의 대꾸에 그 아이는 창밖을 보더니 '조금 있으면 우리 집이다.'라고 말했다. 나는 그 말이 참 반가웠다.

"부탁이 있는데, 핸드폰을 학원에 두고 온 거 같거든. 엄마한테 문자 한 통 보내도 될까?"

상냥한 말투와 다정한 눈웃음, 참으로 사회성이 좋은 애다. 이런 애를 학교 선생님들이 왜 안 예뻐하겠나. 나는 주머니에서 핸드폰을 꺼내어 비밀번호를 풀어 주었다. 지혜는 '고마워'라고 인사를 하더니 빠른 손놀림으로 내 핸드폰 화면을 두드렸다.

그 사이, 난 창밖을 내다보았다. 어느새 어두워진 하늘 아래로 자동차 불빛이 번져 간다. 잘못된 일, 그 말을 난 계속 생각했다.

그래, 맞아. 사생팬이라는 게 결코 바람직한 일은 아니야. 그건 누구에게 물어도 마찬가지겠지. 하지만, '성덕'을 꿈꾸며, 자신 있게 꿈을 말하던 반짝이던 눈을 봤다면 아무도 두 사람을 탓하진 못할 거야.

어두운 하늘에서 오롯이 스스로 빛나던 별, 그 반짝임과 똑같아.

"여기 있어. 고마워."

지혜는 핸드폰을 돌려주며 상냥하게 말했다. 이 아이의 미소는 너무 완벽했다. 저 미소처럼, 생각도 너무 완벽해서 빈틈이 없다. 지혜는 나의 시선에 '왜?'라고 웃으며 묻는다. 그러고는 다음 정류장에 내리려는 듯 하차 버튼을 눌렀다.

"스스로 극복하고 있어. 좋아하는 일을 찾았고, 이제 그 꿈을 이루려는 중이야."

나의 말에 주어는 없었다. 그러자 내 말을 듣던 지혜의 얼굴에서 웃음기가 사라진다.

"아직은 서툴러도, 그거면 괜찮지 않을까."

너의 미소처럼 완벽하지는 않아도, 행복하려고 노력하고 있잖아.

지혜의 얼굴은 어두워졌다. 미간을 살짝 찌푸린다. 늘 완벽하게 있던 아이가 갑자기 어두워지는 모습이 당혹스러웠다.

"그렇구나. 다행이네. 학교에서 보자."

잠시 후, 지혜는 다시 웃었다. 웃으며 인사를 하고는 뒤도 돌아보지 않고 열린 문으로 내려갔다. 지혜는 내게서 등을 지고서 길을 걸었다. 가로등이 비추는 뒷모습이 쓸쓸했다.

그건 내가 지혜에게 처음으로 느낀 빈틈이었다.

*

글을 쓰고 싶다 말했다. 미란이와 지원이는 축하한다 말했고, 엄마와 아빠는 뜬금없다 말했다. 엄마와 아빠의 반응은 이미 예상했던 바다. 책만 많이 읽었지 글을 쓰는 능력은 별개가 아니냐는 거겠지. 뭐, 원래부터 나에 대한 신뢰가 그리 깊지 않은 엄빠였기에 그런 반응이 놀랄 일은 아니지만, 기분은 좀 많이 나빴다. 태어나 처음 들은 칭찬에 덜컥 정하긴 했어도, 부정당하는 건 쓰라린 일이니까.

그래서 나는 미란이와 지원이를 좀 더 이해할 수 있었다. 원래 독서를 좋아했지만 그보다 더 많이 읽어야겠다고 생각했다. 나의 결심을 무시하면, 그 무시를 꺾어 주면 된다. 이건 내가 두 사람에게 배운 거다.

나는 지혜와 버스에서 만난 다음 날, 미란이에게 영어 프린트를 전달했다. 미란이는 깜빡했다며 내게 고마워했다. 그리고, 지혜와의 이야기는 하지 않았다.

「어썸 노래 중에 공부할 때 들으면 좋은 노래가 있어.」

중간고사를 치르면서, 미란이는 자기가 아는 가장 큰 파이팅을 내게 전했다. 어썸 노래 리스트를 카톡으로 받았다. 무척이나 고마웠다.

「국문과나 문창과에 가려면 국어 내신은 필수야.」

지원이도 본인다운 카톡을 보내며 자신도 공부한다는 국어 문제집을 캡처 해서 보내 주었다. 둘의 응원 덕분인지 몰라도, 나는 제법 중간고사를 무사히 치렀다. 물론, 모든 과목을 다 잘 보진 못했지만 국어는 정말 선방했다. 수행평가를 망쳐서 걱정했는데 다행히 1학기와 비슷한 성적을 낼 수 있었다.

"다음 주까지는 무조건 희망하는 대학이랑 전공하고 싶은 과를 적어서 제출해. 기말고사 전에 상담 시작할 거다."

담임의 말에 아이들 사이에서 아우성이 터졌다. 예전 같으면 나도 그랬겠지만, 지금은 나름 정한 게 있어서 맘이 편했다.

「나 오늘 저녁에 멜림픽[11] 있어. 이번 공방은 무조건 갈 거야. 흑흑… ㅜㅜ」

미란이의 카톡이었다. 미란이는 디자인 학원을 등록하고 난 후, 정말 놀랍게도 사생을 뛰지 않았다. 가끔 '휘영 오빠 보고 싶어.'라든가, '딱 오늘만 갈까.'라든가. 칭얼거리는 카톡을 보냈지만, 그걸 실천에 옮기진 않았다.

"엄마가 학원 등록해 주는 조건이야. 그리고 요즘 엄마가 나한테 진짜 잘해 주거든."

미란이는 웃고 있었다. 요즘 미란이의 표정은 매우 밝았다. 웃음소리도 커지고, 반 아이들을 대하는 태도도 굉장히 온화해졌다. 엄

---

11. 공개방송에 참여하기 위해 스탭에게 이메일로 신청을 하는 것을 가리키는 용어. 최대한 빠르게 이메일을 보내야 한정된 좌석을 차지할 수 있기 때문에 1초 사이에 기록이 갈리는 올림픽과 같다는 의미로 붙여진 용어이다.

마와의 사이가 좋아지자, 미란이는 밖으로 나갈 이유가 사라졌다. 그리고 중간고사가 끝나자 여태까지 잘 참았던 미란이는 공방은 포기 못 하겠다며 꼭 가겠노라 벼르고 있었다.

시험이 끝난 날, 난 주번 활동 때문에 가장 늦게 교실을 나섰다. 가는 길에 시험공부 때문에 다 읽지 못한 책을 꺼냈다. 오늘은 무조건 다 읽으리라 다짐하며 교문으로 향하는데, 지원이가 운동장 벤치에 앉아 있었다.

"여기서 뭐 해?"

다가가서 아는 척을 했다. 혼자 벤치에 앉아 핸드폰을 들여다보고 있던 지원이 나를 향해 고개를 들었다. 핸드폰 화면 속에는 선플라워의 데뷔곡 뮤직비디오가 나오고 있었다.

"아직 집에 안 갔어?"

재차 묻자 희미하게 웃는다.

"그냥, 잠깐 앉아 있었어."

그 말과 함께 지원이는 핸드폰을 껐다. 나는 지원이의 옆에 앉았다. 지원이가 마신 듯한 음료수 캔이 보였다. 물기가 사라진 캔을 보며, 나는 지원이가 이곳에 꽤 오래 있었구나 싶었다.

"무슨 일 있어?"

시험도 끝났으니 진작 에리카를 보러 갔을 텐데, 아직 학교에 있다니 좀 의외였다. 나의 말에 지원이는 시큰둥하게 입을 열었다.

"딱히 일이 있는 건 아닌데…."

"응."

"성적이, 좀 떨어졌어."

그 말에 나도 모르게 입이 벌어졌다. 친해진 이후 알게 된 지원이는 생각보다 노력파였다. 하루에 잠을 5시간 이상 자지 않는다는 말을 들었을 때 난 기겁을 했다. 그런 지원이가 성적이 떨어졌다니.

"얼마나? 심각해?"

지원이는 언제나 그랬듯 표정 변화 없는 얼굴로 입을 열었다.

"수학에서 실수했어. 하필 중요 과목에서 에러가 나서, 전교 1등은 힘들 것 같아."

아, 그렇구나. 열심히 걱정하던 나는 조용히 입을 다물었다. 그럼 그렇지. 내 주제에 걱정할 수준이 아니었지. 그래도 저 아이는 큰 충격일 수도 있으니 나는 잠자코 있었다.

"이번 전교 1등은 너네 반에서 나오겠네."

"누구? 반장 지혜?"

나의 말에 지원이는 '그럼 누구겠냐.'라고 대꾸한다. 둘이 라이벌이 맞구나. 나는 지원이에게 버스에서 지혜와 나누었던 얘기를 할까 잠시 생각했지만 지금은 타이밍이 아닌 것 같아 관두었다.

"내일 엄마가 학교에 오거든. 1등 놓쳤다는 얘길 하면 피곤해질 것 같아서, 최대한 늦게 들어가려고."

"무슨 일로 오시는데?"

부모님이 한 번도 학교에 온 적이 없는 내가 궁금해서 묻자 지원이는 바로 대답하지 않고 잠깐 머뭇거린다.

"추천서 때문에 교장 만나러 오는 거야."

아, 과외 쌤이 궁금해하던 게 이거였구나. 나는 쌤에게 전할 생각에 재차 물음을 던졌다.

"추천서는 받을 수 있어?"

이번에도 지원이는 바로 대답하지 못했다. 말을 아끼는 지원이가 평소답지 않았다. 그것도 모자라, 표정이 좀 굳어져서 내가 뭘 실수했나 싶었다.

"당연히 받아야 한대. 나는 절대 실패하면 안 된대."

"누가?"

나는 조심스럽게 물었다. 평소와는 달리 눈꺼풀이 쳐져 항상 당당하게 빛나던 눈빛에 기운이 없었다. 지원이의 그런 모습이 불안했다.

"엄마."

나는 가슴이 저릿했다.

"늘 자신의 인생은 실패했다고 말하거든. 그래서 나는 실패자로 만들지 않으려고 용을 쓰지."

"…"

"정작 나는 아무것도 시작한 게 없어. 승리한 적도 없고, 실패한 적도 없어."

지원이의 목소리는 가느다랗게 떨리고 있었다. 하지만 이내 크게 헛기침을 했다. 그러고는 음료수 캔을 들이켜다가, 빈 캔이라는 걸 확인하고는 손으로 세게 구겨 버린다.

"내가 성공하면, 자신도 성공하는 거래. 완전 헛소리지."

지원이는 시큰둥했지만 나는 조용히 웃었다. 그런 내게 '웃지 마, 정들어.'라고 대꾸하는 게 지원이답다.

그때, 지원이의 핸드폰이 울렸다. 액정에 떠오르는 이름을 한 번 바라보더니 '가야겠다.'라며 짜증 섞인 목소리로 중얼거렸다. 엄마가 찾는구나. 가방에 짐을 챙기는 지원이의 주머니에서 핸드폰은 열심히 진동음을 내다가 멈추었다.

"아까 내가 오기 전까지 보고 있던 뮤직비디오 말이야. 그거, 데 뷔곡 뮤직비디오 맞지?"

나름 선플라워를 열심히 공부한 내가 기특했는지 지원이는 웃었다.

"에리카를 처음 봤던 그때가 그리워서, 요즘 가끔 다시 봐."

그립다고? 선뜻 그 말이 이해가 가지 않는다. 지원이의 웃음은 점점 씁쓸해졌다.

"적어도, 그때가 지금보다는 행복했거든."

지원이는 그 말과 함께 가방을 메고 운동장을 걸어갔다. 나는 운동장을 지나 교문으로 사라지는 지원이의 뒷모습을 한참동안 바라보다 책을 펴 들었다. 읽고 접어 두었던 페이지를 펼치자 시 하나가 있었다.

계절이 지나가는 하늘에는

가을로 가득 차 있습니다.

나는 아무 걱정도 없이
가을 속의 별들을 다 헤일 듯합니다.

그 시 구절에, 나는 티켓팅을 마치고 집에 가는 길에 보았던 밤하늘이 떠올랐다. 아무 걱정 없이 다 헤일 듯, 별을 바라보았던 그 시간이 갑자기 그리워졌다.

같이 별을 보러 가자. 이렇게 얘기하면, 그 둘은 좋아할까. 어디를 가면 많은 별을 볼 수 있을까. 도시는 공기가 나쁘니까, 시골로 가야 할까. 책을 무릎 위에 펴 놓고서 이런저런 망상을 하고 있을 때였다.

핸드폰이 울렸고, 나는 동생이나 엄마일 거라고 생각했다. 하지만, 전화를 건 사람은 미란이었다.

"여보세요? 공방 신청은 했어?"

핸드폰 너머로 '응, 했어.'라고 짧막한 답변이 돌아왔다. 그런데, 목소리가 낮게 가라앉아 있었다

「혹시, 지금 시간 있어?」

울먹이고 있었다. 나는 자리에서 벌떡 일어났다. 미란이가 우는 이유가 어썸 때문은 아닐 것 같았다.

나는 빠르게 운동장을 가로질러 뛰었다. 가을 공기가 제법 차가웠다.

공원에 도착했다. 선선한 날씨를 즐기러 나온 사람들이 꽤나 많았다. 해가 완전히 저물어, 가로등 불빛이 공원을 점령하고 있었고 불빛 아래로 하루살이들이 모여들었다. 미란이는 벤치에 앉아 있었다.

"헉헉, 미안! 늦었지!"

전화를 받자마자 뛰어왔지만 30분이나 걸렸다. 그림자와 한 몸이 된 듯 꼼짝 않고 앉아 있던 미란이가 고개를 들었다. 울고 있으면 어떡하지 걱정했는데 얼굴은 깨끗했다. 일단 안심했다.

"너야말로 괜찮아?"

미란이는 이어폰을 빼며 숨을 몰아쉬는 내게 생수를 건넸다. 아이고, 죽겠다. 나는 벌컥거리며 생수를 들이켰다. 미란이 핸드폰에는 역시 어썸 음악이 띄워져 있었다. 가쁜 숨을 진정시키는 동안, 공원의 풀숲 사이로 가을의 귀뚜라미 소리가 은은하게 들려왔다.

무슨 일이냐고 물어볼까, 아니면 더 지켜볼까. 눈치를 보는데 미란이가 먼저 입을 열었다.

"미안해. 얘기가 하고 싶어서. 네 생각이 먼저 나더라."

미란이에게 '응, 잘했어.'라고 대답해 주자 미란이는 한결 편안하게 나를 바라보았다. 그러고도 여전히 망설인다. 한참이 지난 후에 어렵게 말을 꺼냈다.

"저번에, 너하고 같이 택시 탔던 날, 나 쫓아왔던 아저씨 기억해?"

올 것이 왔구나. 나는 고개를 끄덕였고 미란이는 크게 한숨을 쉬더니 말을 이어 나갔다.

"그 아저씨, 우리 엄마랑 사귀거든. 사실, 그 아저씨 때문에 엄마랑 사이가 안 좋았어."

아아, 나는 퍼즐이 맞춰지는 기분이 들었다.

"그 아저씨는 우리 아빠보다 나이도 많아. 아들도 있어. 지금은 외국에 있고, 대학생이야."

미란이는 거기까지 말하고 입을 다물었다. 나는 기다렸지만 미란이는 쉽게 말을 못 했다. 결국, 내가 먼저 물었다.

"그 아저씨는 어떤 사람인데?"

미란이는 곰곰이 생각을 하더니 어쩔 수 없다는 듯 말한다.

"좋은 사람이야. 아빠는 엄마를 웃게 한 적이 없었는데 그 아저씨는 아니거든."

좋은 사람이 아니라고 말하면서 욕을 하면 좋을 텐데. 그래서 더 슬프다.

"그 아저씨랑, 무슨 일이 있었어?"

서늘한 가을바람이 불었다. 미란이의 눈에서 눈물이 떨어졌다.

"나 디자인 공부한다니까, 너무 축하한대."

"…"

"엄마가 요즘 행복한대, 내가 너무 자랑스럽대…"

미란이의 목소리는 다시 떨리기 시작했다. 미란이가 입은 교복 치마 위로 쉴 새 없이 눈물이 떨어졌다.

네 말을 듣고 있어. 그러니까 계속 말해.

미란이의 어깨를 토닥이며, 마음을 전했다. 그래서, 미란이는 울먹이며 다시 말을 이었다.

"디자인 공부하는 데 쓰라고 태블릿이랑 펜마우스도 사 놨대. 오늘 시험도 끝났으니까, 맛있는 밥 사 준대. 지금 엄마랑 같이 레스토랑에서 나를 기다리고 있어."

미란이는 손등으로 열심히 눈가를 훔쳤다. 축축하게 묻어나는 손등이 반질거린다. 나는 휴지를 꺼내 주었다.

"정말 좋은 사람이네."

나의 말에 미란이는 한참 후에 '응'이라고 대꾸한다. 찌르르 우는 귀뚜라미 소리에 귓가가 울리고 이내 마음까지 시렸다.

"좋은 사람이니까, 내가 미워하면 안 되는 거잖아. 알아도 그게 잘 안 돼. 저번에 가출했던 이유도 그 아저씨 때문에 엄마랑 다퉈서 그랬던 거야. 아저씨랑 결혼하고 싶어 하는 걸 내가 모를 줄 아냐. 나하고 아빠는 언제나 엄마에게 나쁜 존재고, 그 아저씨는 좋은 존재인거 내가 다 안다."

다투었을 당시, 엄마에게 했던 얘기를 그대로 전하는 미란이의 목소리에는 울먹임과 분노가 섞여 있었다. 뺨으로 또록 떨어지는 눈물을 닦으며 한숨을 내쉰다.

"엄마는 행복하려고 그 아저씨 만나면서, 나는 왜 어썸 만나러 나가면 안 돼? 엄마한테 아저씨가 좋은 존재이듯이, 휘영 오빠도 나한테 그런 존재인데? 너무 이기적이잖아?"

미란이의 목소리가 하늘 위로 퍼져 나갔다. 하지만, 미란이의 물음에 대답을 해 주는 사람은 없었다. 왜냐하면, 나는 미란이에게 그 어떤 말도 할 수 없었으니까.

나는 미란이의 아픔을 10분의 1도 이해하지 못한다.

"내가 사생 안 뛰고, 학교 잘 다니고, 엄마한테 착하게 굴면 그 아저씨하고 결혼 생각 안 할 줄 알았어. 근데, 아닌 것 같아. 오늘 레스토랑에 가면 분명 결혼 얘기가 나올 거야."

"…"

"결혼 안 하고, 그냥 연애만 하면 안 되나. 나는 엄마를 정말 모르겠어."

미란이는 무릎을 세워 끌어안았다. 어린 아이가 곰인형을 안 듯, 얼굴을 자신의 무릎에 갖다 대며 중얼거렸다.

"엄마한테는 남이지만, 나한테 아빠는…."

미란이는 말끝을 흐린다. 미란이는 얼굴을 무릎에 묻고 훌쩍였다. 이 아이가 마음에 지니고 있었던 무거운 짐이 울음을 타고 나의 심장에 얹어졌다. 심장이 뻐근했다.

어른들은 행복을 찾으려고 하면서, 정작 우리들이 행복을 찾는 건 거부한다. 나의 아빠도 그랬고, 지원이의 엄마도 그랬으며, 미란이의 엄마도 그렇다. 자신들의 이기심은 인정하지 않으면서, 우리들의 행동은 이기적이라며 허락하지 않는다.

나는 코를 훌쩍였다. 코가 쩽해서 그런 것인지, 가을바람이 차갑기 때문에 그런 건지 잘 모르겠다. 그때, 미란이가 가방을 챙겼다.

"가려고?"

레스토랑으로 가려나. 반가운 마음에 내가 물었다.

"응, 갈래."

나는 '잘 생각했어.'라고 대꾸해 주며 함께 자리에서 일어났다. 하지만, 미란이의 표정은 심상치 않았다. 설마, 아니겠지. 나는 급히 미란이를 붙잡았다.

"어디로 가려는 건데?"

자신의 팔을 붙잡은 나의 손을 천천히 떼어 놓는다. 그러고는 나를 바라보았다.

"너도 내가 이해 안 가지?"

"응?"

"좋은 사람인데, 싫어하는 내가 이해 안 가잖아?"

나는 그 말에 입을 다물었다. 그거야, 솔직히 틀린 말은 아니다. 살면서 나의 마음을 얻기 위해 누군가가 노력을 한 적도, 호의를 베푼 적도 없으니. 그 아저씨가 미란이에게 베푸는 노력은 내게는 굉장한 일이었다.

"어린애는 아니니까…."

나도 모르게 내뱉은 말에 미란이의 미간이 찌푸려졌다. 나는 당황해서 급히 손을 내저었다.

"그러니까 내 말은, 조금만 생각을 바꾸면 네 마음도 편해지지 않을까 싶어서."

"결국은, 생각을 바꿔야 하는 사람은 나라는 거네."

미란이가 날카롭게 말한다. 아, 이게 아닌데. 내 생각과는 다르게 미란이의 마음은 이미 복잡하게 엉켜 있었다. 미란이는 나를 보며 몸을 일으켜 세웠다. 부릅뜬 두 눈에서 분노가 느껴졌다.

"나 같은 애가 고집을 피워서 모두를 피곤하게 한다는 거지."

내 실언이 미란이가 어렵게 감춘 상처를 열어 버렸다. 미란이는 쏟아내듯 나에게 목소리를 높이고는 입술을 꽉 깨물었다. 너무 세게 깨물어 입술이 하얗게 질리는 게 안쓰러웠다.

"아무리 내가 발버둥쳐도, 나는 항상 못된 애였어. 엄마의 마음도 헤아리지 못하고 사고나 치는 나쁜 계집애. 그 나쁜 계집애의 마음은 아무도 알려고 하질 않아."

미란이는 다시 손등으로 눈물을 훔친다.

"안녕, 나중에 보자."

그러고는 훌쩍 빠른 걸음을 옮겼다. 나는 당황해서 소리쳤다.

"엄마한테 가는 거지? 그치?"

희뿌연 가로등 불빛을 헤치며 몸을 움직이던 미란이가 멈춰섰다.

"내가 누굴 보러 갈 건지 잘 알잖아. 내가 도망칠 수 있는 유일한 곳으로 갈 거야."

미란이의 씁쓸한 한마디에 나의 발은 못에 박힌 듯 움직이지 못했다. 분노와 눈물이 뒤섞여 그렁거리던 미란이는 이내 내가 볼 수 없는 어둠 속으로 사라졌다. 그리고 나는 한참이나 그 자리에 서 있었다.

미란이의 빈틈은 깊고 어두웠고, 그 빈틈을 메워 주기에 난 너무 어렸다.

거짓말

그날 새벽, 난 책도 읽을 수 없었고 잠이 오지도 않았다. 말 한마디로 미란이가 다시 방황하게 만들었다는 죄책감과, 나의 진심을 이해하려 하지 않고 돌아선 미란이에 대한 원망까지…, 많은 감정들이 복잡하게 얽혀서 나의 가슴을 답답하게 옥죄었다.

미란이에게 카톡을 보내려고 핸드폰을 들었다 났다를 수없이 반복하다가, 혹시 연락이 오지 않을까 기다렸지만 아무 연락도 없었다.

"밤새 입시 사이트 뒤져서 인쇄해 놓은 거야. 글 쓰는 것과 관련된 대학들은 모두 체크해 놨으니까 학교 다녀오면 이것부터 읽어."

입맛이 없어 반찬만 깨작거리는 내게 서류 뭉텅이를 내려놨다. 서류 뭉텅이는 내 엄지보다 더 굵었다. 아빠는 바쁜 와중에도 이만큼 고생했으니 감사한 줄 알라며 거들먹거렸다.

아빠의 성격을 잘 알지만, 오늘 아침은 정말 너무도 재수가 없었다.

"글 쓰는 전공하려면 실기도 잘해야 한다던데, 니가 가능은 하냐? 괜히 공부하기 싫어서 글 쓴다 그러는 거 아니야?"

슬슬 시작된 아빠의 공격에 속이 끓어오른다.

"진즉에 정신 차리고 공부했으면 좋잖아. 찾아보니까 네 성적으로 갈 수 있는 대학이 너무 없더라. 공부 좀 해, 알았어?"

"시끄러워 죽겠네, 진짜."

나는 매섭게 눈을 뜨고 아빠를 쳐다보았다.

"내가 대학 가려고 글 쓰겠다고 한 줄 아나 본데, 착각하지 마. 뭣 때문에 글이 쓰고 싶은지도 모르면서 명령하지 말라고, 재수 없으니까."

"류주연, 너 그게 무슨 말버릇이야."

벌겋게 익다 못해 이제는 시퍼렇게 질려 가는 아빠의 뒤에서 엄마가 다급히 외쳤다. 이건 내 분노를 반의 반도 표현하지 않은 거다. 나는 젓가락을 거칠게 내려놓고 자리에서 일어났다.

학교로 가는 동안에도 분노는 좀처럼 사그라들지 않았다. 왜 이렇게 어른들은 한결같이 이기적이고 제멋대로일까. 어리다고 해서, 어른들에게 상처받아야 할 이유는 없다.

"야, 류주연. 이제 오냐."

계단을 걸어 올라가고 있는데, 능글맞은 목소리가 들렸다. 장단 맞춰 줄 기분이 아니었기에 나는 뒤돌아보지 않았다. 그러자 내 옆으로 다가와 재차 말을 꺼낸다.

"내가 방금 진짜 웃긴 얘기 들었거든, 궁금하지."

"아니, 안 궁금해."

칼같이 말을 잘라도 꿋꿋한 박창민이었다.

"오는 길에 3반 친구한테 들었는데, 걔네 반에 사생이 있대."

순간, 나는 한 대 얻어맞은 듯이 정신이 멍했다.

"소름 끼치지 않냐. 말로만 들었지 우리 학교에 사생이 있을 줄은 상상도 못 했다."

"…."

"사생 뛰면 자퇴해야 하나? 그 정도는 아니겠지?"

시끄러운 목소리가 귀에 꽂히지 않고 웅웅거렸다. 나는 어지러운 머리를 붙잡았다.

도대체 뭐지. 3반이면 지원이 얘기가 분명하다. 왜 갑자기 오늘 아침에 이런 얘기가 들리는 걸까. 등줄기가 서늘해졌다.

"오늘 학부모 운영위원회 회의 있어서 수업 일찍 끝난대."

"야, 오후에 PC방으로 와! 한 놈도 빠지지 마!"

부반장이 희소식을 전하자 남자아이들이 환호성과 함께 오케이를 연발한다. 나는 미란이와 상의하고 싶었지만, 미란이는 오늘 학교에 오지 않았다.

"얘들아, 핸드폰 걷을게."

교실 앞문에서 반장 지혜가 등장했다. 나는 카톡을 열어 미란이를 찾았다. 급히 메시지를 보낸 후, 핸드폰을 조끼 안으로 집어넣었다. 핸드폰을 걷는 지혜를 일부러 쳐다보지 않았다.

"주연아, 핸드폰은 어딨어?"

"미안, 집에 두고 온 것 같아."

그 말에 지혜는 잠시 멈칫하더니 이내 다시 빙긋 웃었다. '오늘 불편하겠네.'라는 말을 곁들이며 뒤로 지나갔다.

*

쉬는 시간마다 화장실로 뛰어가 카톡을 확인했다. 미란이와 지원이랑 함께 있는 단체 카톡방에도 메시지를 남겼지만 아무도 답하지 않았다. 미란이는 계속 나타나지 않았다.

나는 하루 종일 귀를 쫑긋 세우며 아이들 말에 귀를 기울였다. 아이들이 3반에 사생이 있다고 수근거렸지만, 아직까지 그게 누구인지는 모르는 것 같았다.

"사생 뛰면, 자퇴해야 하는 거야?"

나는 결국 참지 못하고 시내에게 물었다.

"자퇴까지는 오버 아닐까? 불법은 아니잖아."

"근데, 진짜 심각한 사생은 범죄 수준이라며. 만약에 그런 사생이면 어쩌려고?"

시내 옆에 민지가 의견을 냈다. 범죄 수준의 사생이 어떤 건지 정확하게 모르지만, 적어도 두 사람은 아니었다. 하지만, 이렇게 사생에 대한 인식이 좋지 않은데 어떤 평가가 내려질지는 아무도 모를 일이다.

종례시간에 오늘은 어쩐 일인지 지혜 대신 부반장 연균이가 아이들을 자리에 앉힌다.

"담임이 오늘 종례는 없대. 다음 주에 무조건 희망 대학이랑 전공까지 적어서 제출하래."

아이들은 기다렸다는 듯이 가방을 챙겨 들고 자리에서 일어났다. 여기저기 시끄럽게 의자와 책상이 끌리는 소리가 났고 나는 정신을 수습하며 몸을 일으켰다.

"야, 대박!"

그때였다. 교실 뒷문에서 박창민이 뛰어 들어오며 목소리를 높였다.

"반장 엄마랑 정지원 엄마가 싸움 났대! 회의실 지금 난리 났어!"

교실에 남아 있던 아이들이 진짜냐며 호들갑을 떨었다. 몸에 힘이 빠졌다. 분명 지원이에게 무슨 일이 벌어지고 있었다.

"촌스럽게 굴기는, 치맛바람 센 엄마들끼리 싸우는 게 하루 이틀이냐."

하지만 민지처럼 별일 아니라는 듯 시큰둥하게 반응하는 애들도 있었다.

"집에 안 가?"

민지와 함께 교실을 나서던 시내의 말에 나는 화들짝 놀랐다. 아무래도 안 되겠다.

"오늘 급하게 과외 쌤 만나기로 했어. 집에 먼저 가."

시내는 의아한 눈으로 쳐다보더니 알겠다며 교실을 나갔다. 나는 빈 교실에 다시 앉아 핸드폰을 꺼냈다. 미란이는 여태 아무 연락이 없었다. 나는 차분히 생각을 정리했다.

지혜와 지원이의 엄마가 싸운다. 지원이 엄마는 추천서 때문에 오늘 교장을 만날 예정이었다. 부반장은 학부모 운영위원회가 있다고 했다. 지혜의 엄마도 학부모 운영위원회에 속해 있다면 오늘 학교에 왔을 것이다. 둘이 싸운다는 건, 추천서를 두고 경쟁하기 때문이겠지. 그리고 3반에 사생이 있다는 소문은 오늘 퍼졌다.

나는 거기까지 생각이 정리되자 소름이 돋았다. 이 모든 일에 지혜가 속한 건 결코 우연이 아니었다.

"근데, 박창민은 어떻게 알았지?"

일단은 왜 엄마들이 싸우는지 정확히 알아내야 했다. 나는 급히 몸을 일으켰다.

"야, 박창민! 기다려!"

창문을 열고 우르르 몰려가는 시커먼 무리를 향해 소리쳤다. PC방을 가기 위해 뭉친 우리 반 남자애들이 나를 돌아보았다. 바람처럼 계단을 뛰어 내려가 박창민에게 달려갔다. 그러자, 뒤에 서 있던 남자애들이 '오오오' 하고 놀리는 소리를 냈다. 일부는 '둘이 사귀냐.'라며 끔찍한 말을 덧붙였다. 박창민은 몹시 놀란 듯 나를 보았다.

"뭐야, 왜 그래?"

나는 거칠게 숨을 몰아쉬며 무리에서 박창민을 빼냈다. 그리고 단도직입적으로 물었다.

"너네 엄마, 학부모 운영위원회에 있어?"

박창민은 '응' 하고 답하며 두 눈을 꿈뻑거린다.

"진짜진짜 급해. 이번 한 번만 도와줘. 내가 저번에 그 선플라워 티켓 팔아서 너랑 나눌게."

미끼를 던졌다. 그리고 박창민은 대번에 미끼를 덥썩 물었다.

"야, 나 오늘 빠진다."

나와 박창민을 향해 뒤에서 남자아이들은 '둘이 잘해 봐.'라고 떠든다. 나중에 저것들을 가만두지 않을 거야.

"뭐가 그리 급한데? 학부모 운영위는 왜 물어?"

박창민이 건물로 들어가며 물었다. 어디서부터 설명해야 하나. 골치 아프지만 도와줄 사람은 이 녀석밖에 없었다.

"너, 비밀 지켜야 돼. 안 그럼 선플라워 티켓 팔아서 나 혼자 가질 거야."

"무슨 비밀인데 그러냐. 점점 무서워지네."

맹수마냥 이빨을 드러내며 협박하자 녀석은 겁을 냈다.

"박지혜 엄마하고 정지원 엄마가 왜 싸웠는지 알아야 돼."

박창민은 '뭐? 그걸 왜 알아야 하는데?'라며 잠시 투덜거리더니 핸드폰을 꺼낸다.

"엄마? 통화 가능하지?"

나는 바짝 귀를 기울였다. 이 자식, 엄마한테 코맹맹이 소리로 얘기 하네.

"아까 엄마 둘이 싸운다고 그랬잖아? 그거 왜 그런 거래?"

답답해 죽겠네, 뭔 통화가 저렇게 길어. 녀석은 한참을 듣더니 대 뜸 '헐, 진짜?' 하며 놀라워하더니 '알았어용' 하고 애교를 부리며 전화를 끊는다.

"뭣 때문인지는 엄마도 모르는데 두 엄마만 따로 교장실에 가서 싸 운대. 근데, 중요한 건 지금 박지혜랑 정지원도 같이 불려 들어갔어."

오, 마이 갓. 지원이가 교장실로 불려 갔다니. 이게 대체 무슨 일 이야.

"자, 이제 말해 줘. 왜 궁금한 건데?"

박창민은 호기심 어린 눈으로 나를 닦달하기 시작했다. 여기까지 온 이상, 숨기는 건 무리겠지.

"3반에 사생 있다는 소문 있었잖아."

말을 꺼내기 무섭게 녀석은 소리를 질렀고 나는 재빨리 입을 틀 어막았다. 그리고 내가 지을 수 있는 가장 무섭고 험악한 표정으로 노려보았다.

"네가 이걸 다른 사람에게 말하는 순간, 아미고한테 네가 담배 피다 찍힌 사진 전송할 줄 알아. 정지원한테 받아 놨으니까 허튼 수작 하지 마."

예전에 지원이가 녀석을 협박하던 생각이 나서 그대로 옮겼을 뿐인데, 박창민은 얼굴이 하얗게 질려갔다. 그러고는 두 손을 들어 항복 제스처를 취하더니 고개를 끄덕인다.

"정지원이 진짜 갖고 있었어? 우리 아빠한테 들키면 나 죽어."

이 자식, 담배 피우는 게 진짜였구만. 나는 '흥' 하고 코웃음을 날려주고 '그러니까 입 다물어.'라고 으름장을 놓았다.

"근데, 정지원이 사생인 거랑 엄마들끼리 싸우는 거랑 무슨 상관이 있는데?"

"걔네 둘이 추천서 때문에 경쟁하고 있는 거 맞지."

나의 말에 박창민은 갑자기 손뼉을 쳤다.

"어, 맞아. 엄마가 그러는데, 추천서 얘기 하다가 싸움이 났대. 박지혜 엄마가 증거가 있다고 말을 했고, 그 이후에 싸움이 커졌다는 거야."

녀석의 추리는 설득력이 있었다. 나는 숨이 막혀 왔다.

근데, 증거는 또 뭐야. 지원이가 사생이라는 증거가 어디 있어. 그때, 나는 지혜와 관련된 기억을 떠올리다가 소름이 돋았다. 두 손이 부들부들 떨렸다.

"야, 왜 그래?"

박창민이 깜짝 놀라서 묻는다. 나는 핸드폰의 문자함을 열었다. 밑으로 주욱 내리자 낯선 번호로 메시지가 발송되어 있었다. 덜덜 떨리는 손가락으로 그 메시지를 눌렀다.

심장이 쿵 하고 꺼졌다. 그랬다. 그날, 버스 정류장에서 반장은 카톡을 나누는 걸 본 거다. 눈앞이 뿌옇게 흐려졌다.

"류주연, 너 지금 울어?"

견딜 수 없는 죄책감과 미안함이 가시덩굴처럼 내 온몸을 휘감아 피부를 찔러 댔다.

나 때문이다. 나 때문에 지원이가 위기에 몰렸다.

*

늦은 오후가 되었다. 학부모 운영위원회 회의도 끝났다. 박창민은 내게 그 사실을 전해 주며 계단에 쪼그려 앉아 있는 내게 다가왔다.

"괜찮냐?"

아무 말 못하고 눈물만 뚝뚝 흘리는 나를 보더니 어디선가 휴지를 구해 왔다. '나 때문이야.'라는 흐느낌을 들었는지 녀석은 캐묻지 않았다. 어떻게 상황이 돌아가는지 알고 싶은데 방법이 없어 초조하고 불안했다. 박창민은 다시 엄마에게 전화해서 아직 박지혜와 정지원이 교장실에 엄마들과 함께 있다고 알려 주었다.

지금 이 상황을 함께 공유할 수 있는 사람은 단 한 명뿐인데, 그 한 명에게서 연락이 없다. 마음이 타들어 가다 못해 쓰라렸다.

"핸드폰 좀 빌려주라."

나는 박창민을 향해 마지막 부탁을 했다. 녀석은 군말 없이 자신의 핸드폰을 내밀었다. 박창민의 핸드폰으로 미란이에게 전화를 걸었다. 신호음이 가는 동안, 내 마음이 부서진다.

우린 대체 왜 이렇게 됐을까. 대체 무엇 때문일까.

역시나 전화를 받지 않았다. 나는 힘없이 종료 버튼을 누르고 녀석에게 돌려주었다.

"고맙다."

그 말은 진심이었다. 녀석은 가만히 한숨을 내쉬었다.

"추천서가 뭐라고. 진짜 잔인하다."

박창민의 중얼거림에 나는 울컥했다. 다시 울음이 터질 것 같아 입술을 꽉 깨물었다. 이렇게 현실이 잔인할 줄이야. 고작 종이 한 장 가지고 이렇게까지 서로에게 상처를 입히는 거지. 지원이는 어떻게 될까. 걱정으로 머리가 지끈거렸다. 박창민은 먼저 간다며 내 어깨를 두드리더니 자리를 떴다.

창밖에 노랗게 물든 오후 햇살이 길게 들어와 내 발밑으로 긴 그림자를 만들었다. 내가 너무 초라하고 한심했다.

그래, 오지랖은 내게 어울리지 않았어. 티켓팅도 하지 말았어야 했고, 그 아이들의 세계에도 끼어들지 말았어야 했어. 어울리지 않은 짓을 해서 벌을 받은 거야. 공중에 떠다니는 희뿌연 먼지들이 무겁게 내 어깨를 짓누르며 내려앉는다.

"야, 류주연!"

그때였다. 저 멀리서 박창민이 소리를 지르며 뛰어왔다. 나는 놀라서 고개를 치켜들었고 녀석은 자신의 손을 마구 흔들었다. 손에는 핸드폰이 들려 있었다.

"전화, 전화 왔어! 이거 최미란 맞지! 빨리 받아!"

나는 그 말에 엉덩이에 불이 붙은 것마냥 펄쩍 일어났다. 핸드폰을 받아 들자 다급한 목소리가 핸드폰 너머에서 들렸다. 나는 다시 눈물이 날 것 같았다.

「류주연? 방금 박창민이 한 얘기가 무슨 소리야?」

내게로 뛰어오는 동안 박창민이 얼추 상황을 얘기한 모양이었다. 나는 호흡을 가다듬고 말을 하려했지만 자꾸 울먹임이 터져 나왔다.

"저번에 잠깐 반장이랑 만난 적이 있는데, 내 핸드폰에서 지원이가 찍힌 동영상을 엄마 핸드폰으로 전송한 것 같아."

힘겹게 이어 나가는 내 말을 이해하지 못했는지 미란이는 아무 말이 없었다.

"다 내 잘못이야. 그때, 너희들과의 카톡을 봤나 봐. 일부러 핸드폰을 빌려 가서 그걸…. 나 때문에 지원이가 잘못되면 어떡해?"

다른 인생을 내 부주의로 망치게 되었다는 사실이 도저히 믿기지 않았다.

"도움을 청할 수 있는 사람이 너밖에 없었어…."

어렵사리 그 말을 꺼낸 후, 다시 엉엉 울어 버렸다. 그러자, 잠시 후 목소리가 들렸다. 그 목소리는 어느 때보다도 힘이 있고, 또렷했다.

「너도 생각보다 엄청 울보네. 나 학교 근처야.」

가슴이 벅차올랐다. 미처 닦지 못한 눈물이 뺨으로 줄줄 흘러내렸고, 나는 자리에서 일어났다. 미란이는 마지막으로 내게 말했다.

「이번에는 우리가 정지원을 찾으러 가자.」

나는 두 손으로 내 뺨을 때렸다. 정신을 차려야 했다. 박창민은 어느 때보다 진지한 얼굴로 나를 바라보고 있었다.

"최미란도 관련 있는 거야? 이제 어쩌려고?"

우리는 함께 계단에 앉았다. 너 집에 안 가느냐고 묻자 박창민은 손가락으로 코를 쓱 문지르더니 말했다.

"야, 니들이 내 사진 퍼트리면 어떡해. 오늘 그거 지우는 거 보고 갈 거야."

그 말이 사실이든 아니든 간에, 혼자서 미란이를 기다리지 않아도 돼서 안심이 되었다. 그렇게 얼마나 시간이 얼마나 지났을까, 멀리서 익숙한 실루엣이 보였다.

"저기 온다, 가자."

박창민은 나보다 더 적극적이었다. 미란이는 잠시 숨을 고르려는 듯이 허리를 숙였다. 얼마나 뛰었는지, 이마에 땀이 맺혀 있었다.

"생각보다 빨리 왔네."

나의 말에 미란이는 큰 숨을 한 번 몰아쉬더니 '아침부터 니가 계속 카톡 보냈잖아.'라고 핀잔을 준다. 미란이는 이미 나의 메시지에 움직인 거다. 거기에 나는 코끝이 찡해졌다.

"박창민, 너는 또 뭐야."

미란이는 이 상황에 어울리지 않는 제3의 인물에게 퉁명스럽게 쏘아붙였다.

"쫓아낼 생각 하지 마라. 내가 우리 엄마한테 전화해서 다 알아낸 거니까."

생각지 못한 혹을 하나 달고 가게 생겼지만, 어쨌든 우리는 지원이를 찾아가야 했다.

"교장실로 가야 하나? 교장이 우릴 만나 줄까?"

나는 걸음을 옮기며 물었다. 하지만 박창민은 고개를 내젓는다.

"지금 교장실에 있는지도 확실하지 않잖아. 먼저 아미고한테 물어봐야 해."

그러고는 자신의 핸드폰을 들어 다시 전화를 건다. 미란이는 나에게 귓속말로 '애는 왜 이렇게 적극적이야.'라고 묻는다. 아주 오지 랖이 국보급이다. 박창민은 자신의 엄마에게 주임 쌤이 어디 있냐고 묻더니 우리를 향해 '교무실, 교무실' 다급하게 속삭인다. 우리는 뛰기 시작했다.

"아미고 쌤! 잠깐만요!"

박창민은 우리보다 앞서 교무실 뒷문을 열어젖힌다. 선생님들 모두가 퇴근해서 조용한 교무실에 혼자 앉아 발가락 양말을 갈아 신던 아미고가 놀라서 우리를 돌아보았다.

"쌤! 정지원하고 박지혜 지금 어디 있어요!"

무식하면 용감하다고 누가 그랬던가. 박창민은 탱크처럼 거침없이 교무실 안으로 돌격했다.

"너 왜 아직 집에 안 가고 있어?"

"얘네 둘이 정지원을 만나야 된대요. 지금 정지원 엄마랑 박지혜 엄마가 추천서 때문에 싸우고 있는 거 맞죠."

탱크에서 미사일이 발사하듯 침까지 튀기며 열변을 토하는 박창민을 넋 나간 표정으로 보던 아미고가 뒤에 서 있던 미란이와 나를 캐묻는다.

"아니, 너희들이 그걸 어떻게 아는데? 정지원이는 왜 만나?"

"쌤, 지원이가 지금 곤란한 상황에 있는 거 맞죠?"

급기야는 내가 앞으로 나서자 아미고는 기가 막힌다는 표정을 지었다.

"너희들 전부 집으로 돌아가. 니들이 뭐라고…"

"쌤, 지원이 잠깐만 만나게 해 주세요. 지원이 문제는 전부 제 탓이에요."

내 태도가 심상치 않게 느껴졌는지 안 된다고 하면서도 아미고의 말투는 누그러들었다.

"아, 쌤. 진짜 왜 이러세요. 우리 엄마가 오늘 장어즙도 줬잖아요."

그때 옆에서 박창민이 눈썹을 치켜세우며 따지고 들었다. 아미고의 얼굴이 시뻘겋게 달아올랐다. 그러고는 박창민에게 버럭 소리쳤다.

"얌마, 그걸 말하면 어떡해!"

"왜요, 사실이잖아요. 장어즙 잘 드셨으면 부탁 하나는 들어줘야죠. 그게 어른들이 말하는 기브 앤 테이크 아닙니까."

저 녀석의 능청이 이렇게 반가울 줄이야. 박창민 앞에서 아미고는 말문이 막혔다. 진짜 뭘 받긴 받은 모양이다. 아미고는 비밀이 폭로되자 우리에게 따라오라고 말했다. 나와 미란이에게는 절대 비밀을 지키라고 함구령을 내리면서 말이다.

우리는 지원이가 있는 교감실로 향했다.

"실례합니다. 정지원 학생 좀 만나려고 하는데요."

아미고는 교감실 문을 두 번 두드리고는 문을 열며 공손하게 말했다. 교감실 문 너머로 지독히 차가운 침묵이 감돌았다. 그 침묵의 파편이 튀어 내 위를 찌른다. 얼음 덩어리가 얹힌 듯 위가 아파 왔다.

문이 스르르 열리며 테이블 사이에 두고 양 옆 소파에 앉아 있는 네 사람이 보였다. 저물어 가는 노을처럼 드리워진 그늘에 숨은 네 명의 얼굴이 제대로 보이지 않았다.

"아직 얘기가 정리되지 않았는데, 무슨 일입니까."

눈 밑이 시커멓게 변한 교감 선생님이 아미고를 향해 말했다. 교감 선생님도 매우 난처해 보였다. 아미고는 '얘들이 정지원 학생에게 할 말이 있다고 하네요.'라며 우리를 가리켰다.

그러자, 소파에 앉아 있는 한 그림자가 소리쳤다.

"뭐예요? 우리 애한테 또 무슨 볼일이 있는 건데요? 네?"

날카로웠다. 나는 직감적으로 지원이 어머니를 알아챘다. 그러자 맞은편에서 누군가가 조신한 목소리로 말한다.

"증인이 되어 주려고 왔나 보네요. 들어오라고 하시죠, 교감 선생님. 얘기가 너무 길어지는데 더 시간 끌지 말고 확실하게 결정하시는 게 어떠세요."

목소리는 차분했으나 서슬이 퍼렇기는 마찬가지였다. 동시에 입가의 미소가 반장의 그것과 같아 쓴맛이 느껴졌다.

"증인이라뇨? 지혜 어머니 정말 너무하신 거 아니에요? 저희 애가 무슨 범죄자예요?"

"저는 범죄라는 말은 안 했어요. 아까부터 말씀드렸지만, 이 학교를 대표하는 추천서를 받을 만한 품위 있는 행동은 아니지 않느냐는 말이죠."

양쪽 기세가 등등해 누구도 끼어들 엄두가 나지 않았다. 교감 선생님은 진절머리가 나는지 등을 돌렸다. 아미고는 나를 보며 두 눈을 부릅뜬다. 여기까지 데려왔는데 왜 아무 말이 없냐는 표정이다. 내가 말을 하려고 입을 열었을 때, 다른 누가 끼어들었다.

"정지원이 사생이라고요?"

사람들은 일제히 한 명을 바라보았다. 미란이었다. 그러자 지원이 엄마가 자리에서 벌떡 일어난다.

"말 조심해! 누가 사생이야!"

온 신경을 곤두세우며 소리를 지르는 모습이 너무도 아찔했다. 박창민은 겁을 먹고 뒤로 물러났다. 마음 같아서는 나도 피하고 싶었으나, 그럴 수는 없었다. 지원이 엄마 뒤에서 지원이와 눈이 마주 쳤다.

그 눈동자는 여느 때처럼 냉정한 빛을 띠고 있었지만, 아주 미세하게 일렁이고 있었다.

"사생 맞지? 너희들이 증언을 해 주면 참 좋겠어."

지혜도 엄마 뒤에서 우리를 바라보았다. 항상 해맑은 웃음을 띠고 있던, 누구에게나 친절함을 아끼지 않았던 지혜는 지금 떨고 있었다.

"지혜야, 왜 그랬어?"

나는 조용히 입을 뗐다. 지혜는 급히 자신의 엄마 뒤로 숨었다. 그러자 지혜 엄마가 내게 말을 건다.

"우리 애가 너에게 핸드폰을 빌렸구나. 미안해서 어쩌지. 나중에 꼭 사례할게."

듣고 싶지 않았다. 조곤거리는 말투에서는 조금의 진심도 미안함도 없었다. 나는 무시하고서 걸음을 내딛었다.

"꼭 이렇게까지 해야 했니. 이건 서로에게 너무 큰 상처야."

그러자, 더더욱 몸을 숨긴다. 나는 가슴이 시려서 미칠 것 같았다. 공부 잘하고, 친절하고, 누구에게나 사랑받을 자격이 충분했던 아이는 지금, 고작 엄마의 뒤에 숨은 어린애였다.

"그 영상을 퍼트린 게 너야? 그래?"

지원이의 어머니가 나를 향해 날카롭게 소리쳤다. 나는 움찔했다. 순간적으로 공포가 발끝에서부터 머리까지 차올랐다. 그러자 뒤에 있던 지원이가 몸을 일으켰다.

"그만해, 이제."

지원이는 몸을 파르르 떨고 있었다. 딸이 어떤 상태인지 모르고 지원이 엄마는 자신이 하고 싶은 말만 계속했다. 나는 숨어 버린 지혜와 몸을 떠는 지원이를 보며 머릿속이 차가워졌다. 자신의 딸은 안중에도 없는 두 엄마 앞에서 나는 물러설 수 없었다. 그때였다.

"그 영상, 제가 합성했어요."

나는 무슨 소린지 이해가 가지 않아 어안이 벙벙했다. 이번에는 지혜 어머니가 자리에서 일어났다.

"합성? 그게 무슨 소리니?"

여전히 목소리는 조신했지만 미란이를 파고들었다. 자신의 엄마가 일어나자 뒤에 숨고 있던 지혜의 눈동자가 다시 보였다. 그 눈동자에는 눈물이 고여 있었다. 미란이는 몹시 차분하게 말을 이어 나갔다.

"합성했다고요. 사실, 제가 사생이거든요."

다시 이어진 침묵 앞에서 교감 선생님은 '허' 하고 탄식을 내뱉었다. 박창민은 놀라서 손으로 자신의 입을 틀어막았다. 나는 떨리는 손으로 미란이를 잡으려고 했다. 하지만, 미란이는 가볍게 뿌리쳤다.

"믿기지 않으시면 저희 엄마한테 전화해 보세요. 저 사생 뛰는 거 다 아시니까."

"합성을 왜 해? 어?"

지원이 어머니는 서러움이 복받친 목소리로 미란이에게 물었다. 오늘 하루가 지원이 어머니에게도 얼마나 끔찍했는지를 짐작케 하는 목소리였지만, 그걸 미란이가 들을 이유는 없었다. 나는 미란이가 왜 저러는지 알 수가 없었지만 막을 수도 없었다.

미란이는 지금, 너무도 당당했다.

"재수가 없어서요."

미란이는 그 말과 함께 피식 웃었다. 지원이 어머니는 그대로 소파에 주저앉았다. 그리고 지원이의 모습이 드러났다. 지원이의 눈은 부들거리며 떨리고 있었다. 금방이라도 터질 것같이 심하게 떨던 눈동자는 붉게 물이 들었다.

"저 우리 학교에서 유명한 어썸 덕후거든요. 정지원은 선플라워 덕후구요. 저희가 각자 좋아하는 그룹 팬덤이 사이가 진짜 안 좋아요. 서로를 원수로 생각하거든요."

미란이의 말을 들으며 나는 고개를 숙였다. 그리고 두 손을 들어 머리를 감싸쥐었다. 미란이가 무슨 의도로 저 말을 하는지 알 것 같았다.

"저희 반에서 정지원하고 저, 둘이서 싸운 적도 있어요. 그건 저희 반 모두가 증인이에요. 너도 봤잖아, 박지혜."

미란이의 말에 지혜는 크게 움찔거리며 몸을 숙였다. 그 모습을 가만히 지켜보던 미란이가 다시 말을 이어 나갔다.

"평소에 공부도 좀 하고, 돈도 좀 있다고 나대는 게 너무 재수가 없었어요. 그래서 제가 사생 뛰면서 찍은 영상에 쟤 얼굴을 합성했어요. 근데, 되게 흐릿할 텐데 정지원 얼굴인 건 어떻게 알았는지 모르겠네요."

그 말과 함께 미란이는 크게 숨을 들이마셨다. 학교 선생님들은 엄마들의 눈치를 보고, 엄마들은 각자의 표정을 숨기지 못해 난리였다. 지원이 어머니는 안도했는지 기운이 빠진 듯했고, 지혜 어머니는 아예 넋이 나가 있었다.

"저는 성적도 개판이고, 학교도 잘 안 나오고요. 퇴학 안 당할 정도로만 사는 인생이거든요. 하지만, 정지원 쟤는 다를걸요. 성적도 유지해야 하고, 학생부에 이상한 말 남으면 안 되는 인생이잖아요. 그렇게 지킬 게 많은 애가 무슨 사생을 뛰겠어요."

그 말과 함께 미란이는 다시 웃었다. 교감과 아미고는 서로를 바라보더니 한숨을 내쉬었다. 교감이 테이블로 향하며 사람 좋은 웃음을 띠었다.

"전부가 오해였네요. 자식을 사랑하는 마음이 너무 지극하셔서 오늘 두 분이 너무 고생하셨습니다. 추천서 문제는 내일 교장 선생님과 제가 잘 얘기하겠습니다."

교감의 말이 끝나기 무섭게 아미고는 미란이를 바라보더니 무섭게 눈을 부라렸다.

"이 자식, 너는 상담실에 가 있어. 아주 가만 안 둘 줄 알아."

그 말에 욱하고 치밀어 오른 내가 몸을 움직였다. 하지만, 미란이의 팔은 이미 나의 가슴을 막고 있었다.

"네, 알겠습니다. 깜지 쓰면 되죠."

미란이는 그 말과 함께 교감실 밖으로 나갔다. 아미고는 '깜지 같은 소리 하네.'라며 크게 소리치더니 어머니들을 향해 '아이고, 고생하셨습니다.'라며 공손히 허리를 숙인다. 그 가식을 피해 난 미란이를 따라나섰다.

"전 엄마 보러 갈게요. 안녕히 계세요."

박창민이 나를 따라왔다. 그러자 뒤에서 교감이 엄마한테 말하지 말라고 외쳤고, 녀석은 능글맞게 소리쳤다.

"제가 입이 좀 싸요! 우리 엄마 닮아서요!"

교무실과 교감실 사이에 있는 상담실로 미란이는 문을 열고 들어갔다. 나와 함께 따라 들어온 박창민은 호들갑을 떨었다.

"야, 최미란. 너 진짜 개간지다. 완전 쩔었어."

미란이는 아무 말 없이 책상 위에 가방을 던져 버렸다. 나는 입술만 깨물었고 분위기가 심상치 않자 박창민은 눈치를 살핀다. 그러고는 '내 사진 지우는 거 잊지 마.'라는 한마디를 남기고는 상담실 문을 닫고 나갔다.

한참이나 침묵이 이어졌다. 나는 자꾸만 터져 나오려는 울음을 간신히 참았다. 나도 내가 이렇게 울보인지는 몰랐지만, 시린 마음이 자꾸만 눈물샘을 자극했다.

"나 퇴학은 안 되는데."

미란이는 힘 빠진 웃음을 지었다.

"아빠랑 학교는 제대로 졸업하기로 약속했거든."

그 말에 나는 눈물을 떨구며 고개를 숙였다. 떨리는 어깨를 추스르지도 못 하고 우는 나를 보며 미란이는 혀를 찬다.

"야, 나 아직 퇴학 안 당했어."

하지만 나는 너무나 미안했다. 미안하고 또 미안했다. 나의 실수 땜에 벌어진 일 앞에서 속수무책으로 서 있기만 한 나 자신이 너무 싫었다. 그렇게 한참을 울고 있는데 상담실 문이 열렸다. 그런데 들어온 사람은 아미고가 아니었다.

"미란이, 맞지?"

지원이 어머니였다. 손에 든 고급스런 백과 번진 화장 사이로 드러난 눈가의 주름이 몹시 어색했다.

"고마워, 용기 내서 사실을 밝혀 줘서."

미란이는 아무런 대답을 하지 않았다. 나는 기가 막혔다. 대체 무슨 말을 하는 거야. 용기는 또 뭐고, 사실은 또 뭐야.

"교감하고 교장한테 잘 말할게. 너는 아무 징계 안 받을 거야. 우리 딸 지켜 줘서 고맙다."

미란이의 눈가에 작은 경련이 일었다. 더는 못 보겠다. 지금 뭐가 중요한지도 모르는 사람한테 소리치고 싶었다.

"나가."

그때였다. 열린 문턱에 지원이가 서 있었다. 우리는 고개를 돌렸다. 노을이 그 아이의 얼굴을 희미하게 비추었다. 해가 지면 어둠이 드리울 것이다. 지원이는 그 어둠만큼 지쳐 보였다.

그러자, 지원이 어머니는 상담실 문을 소리 내어 닫았다. 그러고는 자신의 딸을 질책했다.

"그 짓거리 그만두라고 내가 경고했지. 쟤 아니었으면 어쩔 뻔했어. 그깟 아이돌에 미쳐서 쫓아다니더니 일을 이 지경으로 만들어? 니가 제정신이야?"

오늘 하루의 스트레스가 칼날이 되어 자신의 딸을 찌르고 있었다. 저 곱게 화장한 입에서 살벌한 말이 쏟아졌다. 하지만, 지원이는 태연했다. 그리고 희미하게 웃었다.

"꺼지라고."

싸늘했다. 입가에 옅은 웃음을 띄우며 엄마에게 독설을 날리는 그 아이는, 자신이 누구를 닮았는지 온몸으로 보여 주고 있었다.

"지금 안 나가면, 추천서고 대학이고 전부 때려치는 수가 있어. 쪽팔리는 게 싫어서 얌전히 있어 준 줄 알아."

지원이는 진심이었다. 협박에 가까운 딸의 진심 앞에 그 어머니는 목에 머플러를 거칠게 두르며 상담실 밖으로 나갔다. 이미, 창문 너머 햇살은 사라지고 없었다. 나는 조용히 상담실의 불을 켰다. 지이잉 하는 소리와 함께 불빛이 깜빡이다가 켜졌다. 지원이는 미란이에게 갔다. 그리고 우리 모두 의자에 앉았다. 잠시 후, 지원이는 가방에서 빈 종이를 꺼냈다.

"우리 모두 반성문 쓰는 걸로 끝내기로 했어. 박지혜도 마찬가지로 반성문 써야 한대. 류주연 핸드폰을 함부로 뒤졌으니까."

지원이는 자신의 앞에 종이 한 장을 놓고, 다시 한 장을 미란이의 앞에 놓았다. 그 사이, 지원이의 손가락이 미세하게 떨리고 있었다. 나는 가까스로 입을 열었다.

"미안해, 지원아. 내 실수야."

지원이는 고개를 저었다.

"세상이 미친 거지. 경쟁에서 살아남기 위한 괴물로 만드니까."

그 말 앞에서, 우리 모두는 인정하듯 고개를 숙였다. 그래, 지혜도 울고 있었다. 그 아이도 아프니까 엄마의 뒤에 숨어 울었던 거겠지.

미란이는 자신의 앞에 놓인 종이를 손끝으로 만지작거리며 싸늘한 웃음을 지었다.

"뭘 반성한다고 써야 하냐. '저는 어썸을 너무 사랑한 나머지 정신이 나갔습니다. 친구를 배신한 저를 벌하기 위해서 어썸을 다시는 사랑하지 않겠습니다.' 이렇게 쓸까."

미란이의 말 앞에서 지원이는 아무 말도 하지 않았다. 미란이는 가방에서 필통을 꺼내더니 펜 하나를 손에 쥐었다.

"여기에 사랑한다고 써도 사랑하지 않겠다고 써도… 어차피 어썸은 영원히 모르니까. 무슨 거짓말을 써도 상관은 없겠지, 뭐."

미란이는 그렇게 중얼거리며 펜의 뚜껑을 열었다. 종이의 맨 위에 크게 반성문이라고 쓰던 미란이의 손이 멈추더니 고개를 들어 앞을 바라보았다. 나도 그 시선을 따라갔다.

떨어지고 있었다. 미란이의 맞은편에 앉아 고개를 숙이고 있는 지원이의 얼굴 밑으로, 떨어지고 있었다. 한 방울이, 아니, 점점 더 많은 눈물이 떨어졌다.

미란이는 넋이 나간 채로 바라보았고, 그것은 나 역시도 마찬가지였다. 방금까지 자신의 엄마에게 꺼지라고 독설을 날리던 아이가 아니었나. 미란이도 점점 눈가가 붉어졌다.

미란이의 손에서 반성문이라고 쓰여진 종이가 구겨졌다.

"거짓말하게 해서 미안해. 사람들 앞에서 그따위 거짓말을 하게 해서 미안해. 이따위 종이에 그런 거짓말을 쓰게 해서 미안해."

지원이는 그 말과 함께 책상 위로 얼굴을 떨구었다. 강인하고 냉정하게만 보였던 저 아이의 어깨는 부서질 듯이 떨렸다.

"사랑하는 존재를 그깟 아이돌이라고 듣게 해서 미안해. 사랑하는 건데, 제정신이 아니라는 소리까지 듣게 해서 미안해."

그 말과 함께 지원이는 결국 엉엉 목을 놓아 울기 시작했다. 나역시, 눈가가 뜨거워졌다. 미란이는 두 손을 들어 눈을 감쌌다. 막아 보려 했으나 막지 못한 눈물이 미란이의 손 아래에서 밑으로 떨어졌다.

내가 왜 우는지 모르겠다. 찔러도 피 한 방울 안 나올 거 같던 지원에게 전염이 된 걸까. 하지만, 지원이가 서럽게 내뱉은 말은, 자신에게도 그리고 미란이에게도 커다란 상처였다. 그리고, 두 사람의 상처를 옆에서 들여다보았던 내 가슴도 아팠다.

우리는 사랑하고 있을 뿐이고요. 그 사랑을 증명하고 싶었을 뿐이에요. 사랑하는 존재에게 누구보다 더 특별한 사람이 되고 싶었을 뿐이고요. 나를 알아주길 바랐지만 방법을 몰라서 이기적이 되었을 뿐이에요. 그게 나를 포함한 주변에게 상처 주는 걸 알면서도 멈추지 못했을 뿐이에요.

왜냐면 그게 유일하게 현실에서 도망칠 수 있는 길이니까요.

그 말을 어른들에게 하지 못한 우리가 너무 가여웠다. 그래서, 우리는 울었다.

우리가 운다고 해서, 우리를 알아주는 사람은 아무도 없었지만, 그래도 울 수밖에 없었다. 그게 우리가 할 수 있는 스스로를 위로하는 방법이었다.

반짝반짝

수험생을 응원하는 피켓과 문구가 여기저기 걸렸다. 포털 사이트
는 물론이거니와, 시내만 나가도 수험생을 위한 이벤트가 넘쳐났다.
대부분은 수험 시즌을 노린 장사꾼들이 물건을 팔기 위한 게 대다
수였지만, 불안을 잊기 위해 사람들은 돈을 아끼지 않았다.

동시에 아이돌 콘서트도 쏟아졌다. 현실의 반대편에는 도피할 수
있는 세계가 언제나 있었다. 그 세계에 입성하기 위해 사람들은 역
시나 돈을 쓰고 또 쓴다.

세상은 너무 아이러니하다.

선플라워 콘서트는 덕후들 사이에서 가장 큰 이벤트였다. 그 이
벤트에 참석한다는 건, 사랑을 증명하는 것이었다.

"저기, 혹시 콘서트 티켓 거래하러 오신 분 맞으세요?"

머리 하나는 더 작은 아이가 머뭇거리며 말을 붙였다. 한눈에 봐

도 아직 중학생 티를 벗지 못한 아이였다. 어른스러워 보이고 싶어서 붉은 틴트를 칠한 입술이 어색했다. 네, 맞아요. 아이는 지갑을 열었다. 다양한 사람들의 손을 거치느라 구겨진 돈을 조심스럽게 꺼낸다. 한 장, 두 장 넘기며 세어 보고 그 아이는 공손하게 돈을 내밀었다.

'SUNFLOWER SEOUL CONCERT'라고 선명하게 찍힌 봉투를 건넸다. 아이는 마치 신성한 보물을 받드는 신자라도 된 양, 그 봉투를 두 손으로 떠받들었다. 그러고는 봉투를 열어 티켓을 살펴보고는 환호성을 질렀다.

"이 번호, 진짜에요? 네?"

그 아이는 코트의 안주머니에 깊숙이 봉투를 넣었다.

"진짜 고맙습니다! 저 가까이에서 선플라워 언니들 보는 게 꿈이었어요!"

너무 좋아서 어쩔 줄 몰라 하며 말하는 그 아이는 8월의 햇살 아래 피어난 해바라기만큼 눈부셨다. 연신 고개를 숙여 인사를 하던 아이는 쏜살같이 카페 문을 열고 밖으로 뛰어나갔다.

나는 순수한 향기가 풍겨 오는 뜀박질을 한참 바라보았다.

그리고 얼마 지나지 않아 카페 문이 다시 열리고 두 사람이 들어왔다. 둘은 오늘도 투닥거린다.

"야, 정지원. 내가 몇 번을 말해. 중고 카페 말고 트위터에 올리면 더 비싸게 팔린다고."

"SNS는 딱 질색이야. SNS 중독도 정신 질환의 일종이라는 기사 본 적 없냐?"

"그럼 나도 정신 질환이냐? 뚫린 입이라고 막말하네?"

응, 응. 오늘도 사이가 좋구나. 나는 웃으며 고개를 끄덕였다. 나의 웃음에 둘은 뭐가 웃기냐며 닦달을 시전한다. 나는 익숙하게 둘에게 음료를 고르라며 화제를 바꿨다. 주문한 음료를 받아 들고서 우리는 머리를 맞대었다.

"이날하고, 이날이 비행기 티켓이 싸더라. 몇 주 뒤면 성수기니까 미리 예약해야 돼."

내가 핸드폰으로 달력을 띄워 놓고 하는 말에 둘은 날짜를 살펴보기 시작했다. 하지만 이번에도 둘은 각자 다른 날짜를 선택했다가 한 번 더 투닥거렸다.

"나 무조건 이날 가야 돼."

"왜 그래야 하는지 육하원칙으로 설명해."

지원이가 팔짱을 끼며 거만하게 말한다. 미란이는 아기 맹수처럼 그르릉거리더니 어쩔 수 없다는 듯 말한다.

"내가, 이날, 식당에서, 밥 먹기로 한 약속을, 성실하게 지켜야 돼. 왜냐, 아저씨랑 약속했으니까."

미란이는 손가락까지 꼽아 가며 육하원칙에 맞는 답을 내놓는다. 그 말에 지원이는 흐음 하고 짧은 소리를 내더니 팔짱을 푼다. 자신이 가르치는 영어 제자의 대답이 마음에 들었는지 '오케이, 양

보하지.'라고 말한다. 미란이는 의기양양하게 어깨를 으쓱거렸다. 그 모습이 참으로 귀여웠다.

"그럼 내가 왕복 티켓 예약한다. 여행 경비는 전부 마련한 거야?"

나는 정해진 날짜를 노트에 기록하며 물었다. 그러자 지원이가 주머니에서 봉투를 꺼냈다.

"4년 동안의 내 덕질값이 50만 원도 안 되더라. 짜증나, 내가 어떻게 사 모은 건데."

지원이는 투덜거렸다. 그 동안 모으고 간직했던 선플라워 앨범과 굿즈를 중고 카페에 올렸는데 생각보다 비싸게 안 팔려서 속상했던 모양이다. 그러자 미란이가 옆에서 '원래 걸그룹 굿즈는 잘 안 팔리잖아.'라며 화를 부추긴다. 지원이가 두 눈을 매섭게 치켜뜨자 미란이는 '그래도 선플라워는 비싼 편이네.'라고 딴청을 부린다.

"우리 어썸 오빠들 팬북은 여전히 잘 팔리더라고. 아저씨한테 받은 캘리그라피 알바비까지 합치니까 대충 마련되었어."

그 말에 이제는 지원이가 '알바비는 무슨, 그냥 용돈 받은 거지.'라고 핀잔을 주었고, 미란이는 거기에 '아저씨가 웬만한 캘리그라피보다 내가 더 낫다 그랬어.'라며 맞선다.

"어디를 가면 별이 가장 잘 보이는데? 설마, 산은 아니겠지?"

싸우는 것도 힘든 일이지. 지친 둘은 음료를 홀짝였고 미란이가 먼저 물었다. 그러자 지원이도 '산은 절대 반대.'라며 동의를 한다. 둘이 의견이 맞으면 참 찰떡이 따로 없다.

"제주도는 밝은 곳만 아니면 어딜 가도 잘 보인대. 사실, 도시에서도 밝은 불빛만 없으면 별을 볼 수 있다고 하잖아."

둘은 고개를 끄덕인다. 나는 노트에 적어 놓은 여행 스케줄을 보여 주며 말을 이어 나갔다.

"어둠이 무서워서 일부러 만든 불빛 때문에, 스스로 빛나는 별을 못 보는 거지."

그러자 지원이가 '글 좀 쓰네.'라며 놀린다. 부끄러워진 내가 화제를 돌리려는데 이번에는 미란이가 웃으며 말한다.

"있잖아. 류주연 요즘 팬픽도 쓴다."

"야, 말하지 마!"

미란이의 말에 내가 화들짝 놀라 소리쳤다. 거기에 지원이는 빵 터져서는 깔깔댔고 미란이도 합세해서 같이 웃기 시작한다. 뭐가 웃기냐고 반박하고 싶은데 얼굴이 빨개져서 부채질하느라 정신이 없었다.

"니가 쓴 팬픽을 누가 읽어, 너 야한 얘기도 모르잖아."

"모쏠이면서 무슨 연애 얘기를 쓴다고."

내가 깨달은 게 있다면, 둘이 합이 맞았을 땐 절대 덤벼서는 안 된다는 거였다. 나를 제물 삼아 아주 열심히 웃던 두 사람은 한참이 지나서야 겨우 진정했다. 뿔과 꼬리만 없지 악마보다 독한 두 사람 앞에서 어린 양에 불과한 나는 다시 여행 얘기를 했다.

"미성년자라 숙박업소에서는 안 받아 줄 것 같아서, 아빠가 회사

호텔에 방 잡아 주시겠대."

두 사람은 호텔이라면 무조건 좋다며 박수를 쳤다. 나는 거기에 기분이 좋아졌다.

내가 두 사람에게 별을 보러 가자고 제안했을 때, 둘은 아무것도 따지지 않았다. 그저 언제 갈 거냐고 물었다. 각자의 부모님에게 허락을 받고, 각자 여행 경비를 마련해서 만나기로 했었다. 나는 몹시 긴장되는 마음으로 아빠에게 물었다. 지난번에 못되게 말을 한 건 진즉 용서를 빌었지만, 어린 여자아이들의 여행을 허락할 정도로 오픈 마인드는 아니었기에 무척이나 두려웠다.

'별을 보고 오면, 글도 더 잘 쓰겠지.'

아빠는 의외로 쉽게 허락해 주었다. 동생이 말해 준 건데, 아빠는 내가 쓴 글이 너무 궁금한 나머지 과외 쌤에게 전화까지 했다고 한다. 나의 글을 보고서 생각이 바뀐 건지는 모르겠으나, 안전하게 여행하겠다는 약속을 받아 낸 다음 숙소까지 마련해 주었다. 그리고 지원이와 미란이의 어머니에게 통화하며, 안전한 숙소에서 재우겠노라 약속도 해 주었다.

처음으로 아빠가 다르게 보였다. 진심으로 열심히 글을 써야겠다 생각했다.

"탈덕은, 잘 진행되고 있어?"

낮이 점점 짧아지고 있었다. 선플라워 콘서트가 다음 주에 열린다는 걸 알려 주는 현수막 밑을 지나가며 물었다.

탈덕이라는 건 생각보다 별게 아니었다. 너무 사랑하던 누군가와의 이별은 자신이 어떻게 마음먹느냐에 따라 다른 문제였다.

가장 먼저 탈덕을 결심한 건 지원이었다. 현실에 집중해야겠다며 에리카의 사생 활동도 정리했다. 추천서는 지혜가 받기로 되었는데, 들리는 얘기로는 지원이가 먼저 안 받는다고 했단다. 지원이가 엄마와 어떤 얘기를 했을지는 몰라도, 분명히 추천서 없이도 목표하는 대학에 가겠다는 딸을 믿고 있겠지. 자신의 말은 책임지는 아이라는 걸 세상에서 제일 잘 아는 사람이니 말이다.

지원이는 법대에 진학하겠다는 생각은 바꾸지 않았다. 성덕이 되겠다는 꿈은 앞으로 어떻게 될지 모르지만, 변호사가 꿈인 건 변함이 없었다. 하지만, 저 아이라면 언젠가는 정말 에리카의 앞에서 당당하게 서 있지 않을까.

"콘서트를 안 가는데 당연한 거 아니냐."

퉁명스런 목소리로 지원이는 대꾸했다. 하지만, 이따금씩 선플라워와 관련된 굿즈에 시선을 떼지 못하곤 했다. 언젠가 지원이가 그랬듯이, 선플라워는 자신이 행복했었던 시간을 떠올리게 해 주는 존재이니까.

그리고 미란이의 탈덕은 조금 복잡했다. 아니, 정확하게는 탈덕을 강요받는 일이 생겨 버렸다. 미란이가 그토록 사모하는 어썸의 리더 휘영이 미모의 모델과 함께 있는 모습이 파파라치에게 찍힌 거다. 열애설이 터진 그날, 미란이는 우리 둘을 붙잡고서 오열에 오열을 거듭했다. 그러면서도 '그 정도로 예뻐야지 우리 오빠의 짝이다.'라고 하다가도 '연애는 해도 상관없지만 들키지는 말아야지.'라며 다시 대성통곡을 했다. 그런데, 나중에 듣기로는 휘영을 쫓아다니는 사생들 대부분은 이미 알고 있는 사실이라고 했다. 하지만 사생들 사이에서 도는 소문과 공식적으로 대중들에게 알려지는 소문은 차원이 다른 문제라며 미란이는 울부짖었다.

그렇게, 미란이는 탈덕 아닌 탈덕 비슷한 걸 하려는 중이었다. 물론, 사생도 그만두었다. 엄마와 사귀는 아저씨와 사이가 좋아지면서 집에서 있는 시간이 행복해졌기 때문이다. 두 분은 미란이의 허락이 있을 때까지는 결혼하지 않겠다는 약속도 하셨다. 그래서 미란이는 어썸을 찾는 시간보다 자신과 가족을 좀 더 사랑하는 시간을 늘려 가고 있었다.

"난 아직 몰라. 휘영 오빠가 헤어지면 다시 돌아갈 수도 있어."

미란이의 말에 나는 크게 웃었다. 미란이는 애정이 넘치는 아이였다. 그러니, 하물며 사랑하는 아이돌을 쉽게 바꿀 일도 없겠지. 정말 미란이다운 사랑이다.

우리는 저녁으로 편의점에서 컵라면을 먹고, 후식으로 초코 우유를 택했다. 빨대를 꽂은 초코 우유를 하나씩 손에 들고 길을 걸었다. 미란이가 문득 고개를 들더니 손가락으로 어딘가를 가리킨다.

"저거, 별 아냐?"

우리는 미란이의 손가락 끝을 따라 시선을 옮겼다. 빌딩과 아파트가 어우러진 틈으로 짙은 남색의 저녁 하늘이 보였다. 그리고 유난히 반짝이는 무언가가 있었다.

"저건 인공위성이야. 가짜 별이라고."

미란이에게 지원이가 핀잔을 준다. 하지만 미란이는 답답하다는 듯 목소리를 높인다.

"바보야, 인공위성은 번쩍거리잖아. 저건 반짝거리고."

번쩍임과 반짝임의 차이에 대해 미란이는 열변을 토하기 시작했다. 하지만 지원이는 뚱하게 초코 우유를 쪽 빨기만 했다. 나는 두 사람의 곁에서 하늘을 올려다보았다.

"별이면 어떻고 인공위성이면 또 어때. 우리가 우주 가서 확인 할 수 있는 것도 아니잖아."

한참이나 별이냐 인공위성이냐를 두고 벌인 설전은 지원이의 투덜거림으로 끝났다. 아까까지 다투던 미란이도 지원이의 말에 '그건 그래.'라며 수긍을 한다.

우리는 스스로 빛을 내는 존재를 사랑한다. 하늘에서는 '별'이라는 이름으로, 땅에서는 '스타'라는 이름으로 그들을 부른다. 우리는 그들의 아름다움을 동경하고, 닮고 싶어 한다. 그리고 가까이 다가가고 싶어 한다. 하지만, 결코 닿지 못한다. 탁한 도시의 공기에 가로막힌 저 별의 거리처럼, 그들은 우리와 먼 곳에 있다.

"근데, 우리 제주도 가잖아. 거기에는 진짜 별이 엄청 많겠지."

미란이의 목소리에는 기대감이 한껏 묻어 났다. 이번에는 지원이도 희미하게 웃음 지었다.

둘은 다시 걸음을 옮겼다. 나는 뒤에 서서 두 사람의 뒷모습을 바라보았다.

빛을 낼 수 없으니까 대신 빛이 나는 존재를 찾았던 두 사람, 탁한 공기를 뚫고 까만 하늘을 지나 별과 닿길 원했던 저 아이들은 아직 모른다. 네온사인의 빛으로 가득한 인위적인 세상에서, 진짜 '별'은 자신이라는 사실을 말이다. 아직 그 별은 작고 보잘 것 없지만 언젠가는 인공위성과는 차원이 다른 빛을 반짝반짝 뿜고 있겠지.

"빨리 안 오고 뭐 해."

두 사람이 나를 부른다. 나는 그 애들을 향해 걸음을 내딛는다. 그리고 옆에 서서 함께 걷는다. 나도 이 아이들처럼 나만의 별이 있는 걸 안다. 언젠가는 나의 별도 빛이 날 거다.

누군가의 별을 좇지 않아도, 나의 별을 믿으면 된다.